AF728339

Ye 1757

A Paris
Chez Iean Ribou sur les degrez de la S.te Chapelle.
Louis. auec priuilege du Roy 1667.

Y. 6122
B

LES DELICES DE LA POËSIE GALANTE

SECONDE PARTIE.

BIBLIOTHECAE REGIAE

A PARIS,
Chez IEAN RIBOV, au Palais, vis à vis la Porte de l'Eglise de la Sainte Chapelle, à l'Image Saint Louis.

M. DC. LXVII.

AVEC PRIVILEGE DV ROY.

TABLE DES PIECES contenuës dans ce Volume.

SVR la Fauuette, *Dialogue.* 1

Elegie. 25

Rupture, *Vers irreguliers.* 30

Sur vn Auorton, *Sonnet.* 35

Sur le mesme, *Madrigal.* 36

A la Mere, *Madrigal.* 37

Epitaphe de Mademoiselle de G. 38

Epitaphe sur vn Poëte Cazanier. 39

A Mademoiselle de.... *Epigramme.* là mesme

Pour des Dames habillées en Egyptiennes, *Stances galantes.* 40

Madrigal. 42

Epigramme. 43

Autre. là-mesme

Madrigal. 44

Sur vne Maigre, qui se vantoit de sagesse à contre-temps, *Madrigal.* 45

Sur la mort de Madame, *Sonnet.* 46

Air. 47

Stances irregulieres, 49

TABLE.

Iouïssance, imitée du Guarini, *Madrigal,* 53
Sur vne Fille qui auoit le mal de mer. 54
A Iris, Elegie. 55
Elegie. 63
Madrigal. 67
Sur vne belle Religieuse, *Madrigal.* 68
Madrigal. là mesme
Autre. 69
La Levrette au Levron. 70
Réponse. là mesme
Lequel est plus à craindre à vn Amant, ou la perte de sa vie, ou celle de sa Maistresse. 73
Amarillis resveuse, *Stances.* 78
Pour la Beauté malheureuse, contre la Laideur fortunée, 83
Le Printemps, *Stances.* 88
Madrigal enuoyé à vne Femme. 90
L'Ennemy du Mariage. 91
Madrigal. 98
Autre, 99
Le Songe, à Climene. 100
Portrait de Cloris. 107
Le Cœur assiegé, *Lettre galante.* 113
La Defense du Cœur assiegé, *Réponse galante.* 116
Plainte pour Madame la Marquise de .. *Sonnet.* 120
A Philis, *Madrigal.* 121
Raillerie sur le Marquis de L... 122
Sur le mesme. là mesme
Epigramme. 123
Excuse du Marquis de L.... sur son impuissance, *Sonnet.* 124
Sur la Rose, *Sonnet,* 125

Epigramme. 128
Autre. là mesme
Maximes pour apprendre la Musique à Climene, *Stantes.* 127
A S. A. M. le Comte de S. Paul, *Vers irreguliers.* 133

Extrait du Priuilege du Roy.

PAR Grace & Priuilege du Roy, donné à Paris le 14. jour de Septembre 1663. Signé, Par le Roy en son Conseil, LABORIE : Il est permis à Iean Ribou, Marchand Libraire à Paris, d'imprimer, ou faire imprimer, vendre & debiter, vn Liure intitulé, *Les Delices de la Poësie & diuersité Galante des plus celebres Autheurs de ce Temps*, en vn ou plusieurs Volumes, & ce autant de fois que bon luy semblera, pendant le temps de neuf années, à compter du jour que lesdits Volumes seront acheuez d'imprimer : Et defenses sont faites à tous Libraires & Imprimeurs, & autres personnes, de les imprimer ou faire imprimer, vendre & debiter, sans le consentement de l'Exposant, ou de ceux qui auront droict de luy, à peine aux contreuenans de trois mille liures d'amende, confiscation des Exemplaires contrefaits, & de tous despens, dommages & interests, ainsi qu'il est porté plus au long par ledit Priuilege.

Registré sur le Liure de la Communauté, suiuant l'Arrest de la Cour de Parlement.

Acheué d'imprimer le 24. May 1667.

BIBLIOTHÈQUE IMPÉRIALE

LES DELICES DE LA POESIE GALANTE

SECONDE PARTIE.

SVR LA FAVVETTE.

Dialogue entre Alcidon & le Pinçon.

AQVEL poinct est-ce que la Gloire,
Ce charmant fruit de la Victoire,
Cet agreable & digne prix,
Pique toute sorte d'Esprits?
Tout le Monde en veut, quoy qu'on die,
C'est vne belle maladie

Dont on guerit mal-aisément:
A parler ſans déguiſement,
L'Eſprit meſme le plus auſtere
Qui peu de cas en ſemble faire,
Apres elle enfin abayant,
La cherche encore en la fuyant.
L'ame foible, comme la grande,
En pretend, en veut, en demande;
Et lors qu'elle n'en peut auoir
Autant qu'on en fait receuoir
Aux gens du plus rare merite,
Elle s'en faſche & s'en irrite.
Vous n'en ſerez que trop inſtruit,
Quand vous aurez appris quel bruit
On fait par tout de la Fauuette,
Et comment d'elle l'on caquette:
Les Oyſeaux les moins mal-faiſans,
Contr'elle ſont des médiſans,
Et tâchent de luy faire injure;
Par tout de ſa gloire on murmure,
Chacun luy donne vn coup de bec,
Et le plus gras en deuient ſec,
Si fort il a l'ame ſaiſie
De dépit & de jalouſie.
Voila ce qu'Acante luy vaut;
Mais ſon vol, dit-on, fut bien haut,

De vouloir que cet Homme illuſtre
A ſon nom donnât tant de luſtre,
La choiſit parmy tant d'Oiſeaux
Pour des Vers ſi doux & ſi beaux,
Luy qui mieux qu'aucun de noſtre âge
De la Gloire fait le partage,
Et du Vers le moins medité
Sçait donner l'immortalité.
Vne ligue donc s'eſt formée
Dans la Republique emplumée,
Pour la Fauuette inquieter,
Et ſa Gloire luy conteſter:
Le moindre Marteler en gloſe.
Voicy comme ie ſçay la choſe.
L'autre jour, jour qui fut fort beau,
Iour où le Celeſte Flambeau
Ne rencontrant point de nuage
Dont la noirceur luy fit ombrage,
Etaloit dans vn Ciel bien pur
Vn Globe d'or en champ d'azur;
Où ſur les Monts, & dans les Plaines,
Les Vents retenoient leurs haleines,
Et s'impoſant tous meſme loy,
Sembloient rêuer aueque moy,
Sans que du feu qui le deuore
Zephire oſaſt rien dire à Flore.

Iour enfin ſi doux & ſi beau,
Qu'on n'en peut pas voir de plus beau;
Errant tout ſeul dans vne allée
Sombre, paiſible, & reculée,
Las de réuer confuſément,
Pour m'occuper plus doucement
Dans cette tranquille retraite,
Ie voulus reuoir la Fauuette,
Car on la lit plus d'vne fois,
Et pour moy c'eſt bien peu de trois.
Ie la prens, ie la recommence:
Mais choſe étrange quand i'y penſe,
Et qui ſans doute ſurprendra
Nous, & quiconque l'entendra;
Quand ie fus où le ſage Acante
Dit à la Fauuette conſtante,
Il eſt vray, mais l'ambition
Eſt vne étrange paſſion,
Du fond de ſa verte demeure
Vn Pinçon me dit tout à l'heure,
Rien de plus vray ne fut iamais,
Ie n'en doute plus deſormais,
Elle fait vn deſordre extréme,
Et ie le ſens bien en moy-méme.
D'abord i'en reſtay fort ſurpris:
Mais quand i'eus repris mes eſprits,

Que ma raiſon fut r'apellée,
Que ma crainte s'en fut allée,
Au Pinçon ie tins ce diſcours.
  Faites-vous ſouuent de ces tours?
Et combien de fois la ſemaine
Parlez-vous tant tout d'vne haleine,
Pinçon, qui ſur l'ambition
Prônez auec émotion?
Quoy! vous vous piquez de morale?
Cette merueille eſt ſans égale;
Et certes s'il plaiſoit à Dieu
Que la metamorphoſe euſt lieu,
Comme au temps paſſé l'inuenterent
Quelques gens qui nous en conterent,
Ie vous croirois Homme auiſé
En Pinçon metamorphoſé:
Mais, quoy qu'il en ſoit, que i'apprenne
En quoy l'ambition vous geſne,
Et pourquoy vous parlez ainſy,
Vous qui n'auez aucun ſoucy
Que de voler d'vn arbre à l'autre?

LE PINÇON.

I'ay le mien, vous auez le vôtre,
Et ne ſouffre que trop d'ennuis,
Tout ſimple Pinçon que ie ſuis:

Ne croyez donc pas impossible
Qu'à la gloire ie sois sensible?
C'est elle qui me fait parler,
Et i'enrage de m'en mesler,
Depuis qu'on a veu la Fauuette
Si bien faire vne historiette,
Et mesme au langage des Dieux
Deuenir vn Autheur fameux.

ALCIDON.

Oüy, mais elle auoit vn Acante,
Et la Buse mesme Izagrante
Au Cygne peut donner eschec,
Si cet Homme luy fait le bec:
C'est par luy qu'auec tant de gloire
Fauuette a conté son histoire,
Et qu'elle s'est fait admirer;
Mais vous n'en deuez pas tirer
Pour vous aucune consequence,
Ny sans luy faire aucune auance,
Si vous estes Oyseau de sens.

LE PINÇON.

Hé bien, Alcidon, i'y consens;
Car moy-mesme conter ma vie,
C'est dequoy ie n'ay point d'enuie;

Et s'il n'est mon Historien,
I'aime mieux qu'on n'en sçache rien.

ALCIDON.

Dites-moy donc quelque autre chose
Pendant qu'icy ie me repose,
Et qu'en cet aimable sejour
Nous joüissons d'vn si beau jour?
Cherchez quelque endroit qui vous plaise
D'où vous puissiez parler à l'aise;
Perchez-vous bien commodément
Dessous cet ombrage charmant,
Et m'ouurez, sans craindre personne,
Le fond de vostre ame Pinçonne.

LE PINÇON.

Encore vn coup, l'ambition
Est vne étrange passion!
Puis que vous aimez la Fauuette,
Que ie vous en voy fort en feste,
Ie veux vous conter son malheur,
Vous prendrez part à sa douleur:
Pour moy ie fais en cette affaire
Tout ce qu'vn bon Parent doit faire;
Car ie luy touche d'assez prés,
Et suis fort dans ses interests.

Sçachez donc que depuis qu'Acante
A fait que si fort on la vante,
Et qu'on en parle en tant de lieux,
Cela luy fait mille enuieux,
Et qu'il n'est pas dans nostre Empire
Vn Oyseau qui ne la déchire:
Le plus doux s'aigrit à la fin,
De luy voir vn si beau destin;
La Colombe, la Tourterelle,
Comme tout autre, en a dans l'aisle,
Et quand elle y pense gemir
Bien moins d'amour que de dépit,
Le Merle, Oyseau d'ame fort noire,
Tout des premiers soüille sa gloire;
Il dit que c'est bien se moquer,
De se laisser ainsi choquer,
Et souffrir que sans nulle regle
La Fauuette tranche de l'Aigle;
Car enfin nous sommes exclus,
De nous on ne parle non plus
Que si nous n'estions pas au monde:
R'appellons le temps de la Fronde,
Disoit ce maistre Harangueur,
Ou plutost ce maistre Ligueur:
Bien d'autres à luy se joignirent;
Quelques-vns foiblement feignirent

De chercher vn temperament:
Mais d'vn commun consentement
Presque tous enfin s'emporterent
Contre la Fauuette, & pesterent.
Presque de tous les assemblez
Ces Esprits parurent troublez;
L'innocente à tous fut en proye,
Mesme jusqu'à ma Mere l'Oye,
Qui soutint assez fierement
Qu'on la traitoit indignement,
Et qu'on ne pouuoit sans scandale
Endurer qu'vn Oyseau de bale
Osast luy damer le Pion:
A moy, cet illustre Espion,
Dit-elle, en haussant la parole?
Moy, qui sauue le Capitole,
Sans qui Manlius en tenoit,
Sans qui le Gaulois l'enchaînoit?
Qu'on m'épargne au moins en personne,
Car ie sçay bien que l'on m'en donne
En celle de mes descendans,
Par des quolibets impudens.
Si quelque grossier prend le change,
Ou fait quelque sottise étrange;
D'abord on luy dit sans raison,
Vous estes sot comme vn Oyson:

I'en reçois vn sensible outrage,
Mais i'en receuray dauantage,
Si la Fauuette se soutient,
Et dans ce grand vol se maintient,
Qui rend nostre gloire assoupie.
Apres cela jaza la Pie,
Mais jusqu'à les étourdir tous,
Pleine d'vn aueugle courroux:
Moy qui n'ay pû ceder qu'aux Muses,
Dit-elle, & qui les rens confuses,
Quand ie suis en ma belle humeur,
Moy qui parle si bien par cœur,
Et souuent sans aucune peine
Chante vn air d'vne seule haleine,
Ie verray qu'vn Oyseau sans nom
Pretende obscurcir mon renom;
Que ie ne sois plus écoutée,
Que la Fauuette tant vantée
Ait toute la vogue aujourd'huy?
Ah! ie mourray plutost d'ennuy,
Si ie n'estois pas secouruë,
Et la Pie n'est pas si gruë.
D'abord vn Oyseau de ce nom
Le prit d'vn assez fâcheux ton:
Ne l'est pas qui veut, temeraire!
Répondit la Gruë en colere;

Ie sçauray bien me joindre à tous,
Mais ie ne sçay pas comme vous
Temperer & faire l'Harpie,
Et la Gruë n'est pas si Pie,
Ce petit démeslé cessa,
Parce que le Pinçon s'auança,
Faisant cette orgueilleuse rouë,
Où le Peintre confus auouë
Qu'il rencontre son desespoir,
Où mille couleurs se font voir
Dessus ses plumes étoilées,
Et confuses & démeslées.
C'en est trop, dit cet orgueilleux,
Que nous seruiroit d'estre aux Dieux?
Sapho qui n'est qu'vne mortelle,
Sur Iunon l'emporteroit-elle?
Et sa Fauuette dessus moy?
Non, i'en engagerois ma foy,
Il faut qu'enfin elle succombe,
A ces mots l'aimable Colombe,
Qui jusques-là parut sans fiel,
Ie quitterois plutost le Ciel,
Dit-elle, & le Char de Cythere,
Que de laisser là cette affaire,
En suite le Moineau coquet,
Se joignant au gay Perroquet,

Fit auec luy plainte commune
Du changement de leur fortune.
Qui n'eût crû, disoit le premier,
Que des Oyseaux le plus altier,
Trouuant sa gloire trop bornée,
N'eût enuié ma destinée;
Apres ce tombeau glorieux
Que fit pour vn de mes ayeux
Qui venoit de perdre la vie,
Catulle en faueur de Lesbie,
Lesbie qu'vn Moineau charmoit,
Que plus que ses yeux elle aimoit,
Puis qu'elle en troubla tous ses charmes,
Afin de luy donner des larmes?
Qui l'eust dit, qu'estant descendu
(Dit le Perroquet éperdu)
En ligne droite masculine,
De celuy qu'eut jadis Corinne,
Dont Ouide parla si bien,
Ma gloire vn jour viendroit à rien?
Que ces deux Autheurs qu'on nous vante,
Le vont ceder au seul Acante,
Et la Fauuette comme à nous
S'en va leur donner du dessous?
Ainsi tout pres d'eux Philomele
Mal-traite Ouide, & le querelle,

L'appelle Nazon nazardé,
Et dit qu'il n'est plus regardé.
S'il croit dans ses Metamorphoses
Auoir fait pour moy toutes choses,
Et m'auoir immortalisé,
Dit-elle, il s'est bien abusé;
Et n'en déplaise à ce Poëte,
I'aimerois mieux estre Fauuette.
Apres vint d'vn prochain Etang
Le Cigne si propre & si blanc,
Que sa parure naturelle
Fait honte à la neige nouuelle:
Loin de blâmer aucun Autheur,
A tous ie suis fort seruiteur,
Dit-il, & i'aurois l'ame ingrate,
De vouloir mordre qui me flate;
Car les meschans, comme les bons,
Me flatent en comparaisons:
Chez eux le Chantre plus insigne
Ne chante pas si bien qu'vn Cigne,
N'est si propre à toucher les cœurs,
Que moy, quand ie dis, ie me meurs.
Ainsi i'aurois tort de m'en plaindre;
Mais comme vous auriez à craindre,
Si ie me separois de vous,
Et n'approuuois vostre courroux,

Ie consens, ô troupe animée,
Que la Fauuette soit plumée:
Mais le Coucou fut bien meilleur,
Qui vint dire d'vn ton railleur,
Pour moy, ie crains peu pour ma gloire,
Et ie ne pourray iamais croire
Qu'vn autre Oyseau soit plus fameux
Que moy, dont on parle en tous lieux,
Quant à la douceur du ramage,
Comme à la beauté du plumage,
Ie puis sans doute estre vaincu;
Mais ie suis l'Oyseau du Cocu,
Et par cet illustre epitete
Fais plus de bruit que la Fauuette:
Comme on en voit parmy les Dieux,
Ie regne en Terre & dans les Cieux,
Ie chante aux quatre coins du Monde,
Sans qu'aucun pourtant me réponde:
Souuent ie me diuertis bien
A chanter pour qui n'en sçait rien;
Car ie ne veux nommer personne;
Tel bien gay, mesme chant entonne,
Qu'il mourroit peut-estre d'ennuy,
S'il croyoit de chanter pour luy:
Enfin l'Amour me fera viure,
Tant qu'il pourra se faire suiure;

De moy, Coucou, l'on parlera,
Tant que des Cocus il ſera:
Mais quoy que de cette durée
Ma gloire ſoit fort aſſurée,
Vous me trouuerez toûjours preſt
A perir pour voſtre intereſt.
Ainſi preſque tous outragerent
La Fauuette, & puis s'engagerent
A l'immoler, s'ils le pouuoient,
Au jaloux dépit qu'ils auoient:
Preſque tout contr'elle conſpire,
Et ie ſerois trop long, de dire
Le nom de tous les conjurez,
Pourtant ſi vous le deſirez....

ALCIDON.

Non, Pinçon, cela vous ſuffiſe,
Sans qu'on les particulariſe,
En voila bien honneſtement,
Et pour moy ie ne ſçay comment
Vn Pinçon a tant de memoire:
Mais vous qui contez cette hiſtoire,
Où demeuraſtes-vous caché?

LE PINÇON.

Incognito i'eſtois perché

Sur vne branche si feüilluë,
Qu'à pas-vn ie n'estois en veuë;
Si bien que de tout le complot
Ie ne perdis pas vn seul mot:
I'oüis mesme qu'en ma presence
On se plaignoit de mon absence,
Et dequoy ie manquois au lieu.
Quelqu'vn dit, il importe peu
Qu'il y soit, ou qu'il s'en abstienne,
Et que le Roitelet y vienne,
Nous sçauons que de celuy-cy
La Fauuette estant le soucy,
Il fuira d'estre à l'assemblée.
Mais quoy! passons-les de volée,
C'est faire enfin trop de façon,
Ce ne sont qu'Oyseaux de buisson,
Dont pour cette importante affaire
La voix n'est pas trop necessaire.

ALCIDON.

Ah! Pinçon, l'impudent menteur,
Vous volez de belle hauteur,
Vostre chant plaist, on le desire,
Mais la colere fait tout dire.

LE PINÇON.

Ie ne m'emportay pourtant pas,
Et ie le démentis tout bas,
De peur de me faire connoistre;
Ie voulus sçauoir, sans paroistre,
Tout ce qu'on alloit arrester
Pour la Fauuette inquieter.

ALCIDON.

Vous sçauez ce qu'ils resolurent?

LE PINÇON.

Voicy ce qu'enfin ils conclurent
Apres grande agitation;
Mais deuant contons l'action,
Et la chaleur auec laquelle
Ce maistre Merle de plus belle
La pauure Fauuette entreprit,
Lors que la parole il reprit.

ALCIDON.

Qu'a donc ce Merle impitoyable,
Cet Oyseau meschant comme vn Diable,
Pour estre toûjours, sans manquer,
Tout le premier à la choquer?

D'abord qu'il est jour il la pille.

LE PINÇON.

Ce sont querelles de famille
Qui seroient d'vn trop long debit,
Et qui troubleroient mon recit.
Sçachez donc, sans que ie le trouble,
Que ce Merle au cœur noir & double,
Qui pour vn dangereux conseil
Parmy nous n'a pas son pareil,
Fit ainsi contre la Fauuette
Eclater sa rage secrette.
C'est, s'écria ce traistre Oyseau,
Vous tenir trop le bec en l'eau:
Cette Fauuette tant vantée
Sera bientost decreditée,
Et malgré nostre inimitié
Pourra nous faire grand pitié,
I'en sçay le moyen infaillible,
Le succés en est tout visible,
Et ie suis tout scandalisé
Qu'aucun ne s'en soit auisé.
Voicy, mes compagnons fidelles,
Comme il luy faut rogner les ailes.
Vous sçauez tous, comme ie croy,
Que l'Aigle nostre puissant Roy,

De tout temps, sans luy faire grace,
A pris le Roitelet en chasse,
Quoy qu'indigné de son couroux,
Et que de son pouuoir jaloux
Il n'eust par vne juste enuie,
Qu'il quitte ce nom, ou la vie;
Car tous les sages Potentats
N'en veulent point dans leurs Estats;
Leur authorité se partage,
Les Roitelets leur font ombrage,
Et ce nom leur est odieux:
Cependant cet audacieux
Le veut porter comme vn rebelle,
Par tout Roitelet on l'appelle,
Mais par tout le nom d'Aigle aussy
Luy donne vn étrange soucy;
Le sien qui n'est qu'vne ombre vaine
De la Puissance souueraine,
Est sans doute bien acheté.
Ce n'est pas tout, Sa Majesté
En veut mesme à qui le frequente;
Qui s'en dit parent, ou parente,
Ne fait iamais trop bien sa Cour:
Cependant il parle d'amour
A nostre orgueilleuse Fauuette,
Et l'on sçait que cette Coquette

Pour luy n'a pas trop de mépris;
Leurs Poulets ont esté surpris,
On pourra mesme les produire.
En faudra-t'il plus pour luy nuire?
Aimer les ennemis du Roy,
Leur donner son cœur & sa foy,
Est-ce chose qui se pardonne?
Là-dessus chaque Oyseau s'étonne,
De n'auoir pas sceu découurir
Ce qui de soy sembloit s'offrir.
Le Merle, de sa politique,
Reçoit lors loüange publique,
On luy jure que ses auis
Sur l'heure vont estre suiuis.
En effet, vers l'Aigle on députe,
A la Fauuette l'on impute
Le crime d'infidelité,
L'on dit qu'elle aime vn reuolté,
Qui pour mieux couronner sa flame,
Couuant plus d'vn dessein dans l'ame,
Voudroit bien, si superbe il est,
Deuenir Roy, de Roitelet.
En mesme temps elle est mandée:
Sur son innocence fondée,
Elle s'offre en Royal aspect,
Sans crainte & auec respect,

Et ſoutient que la ſeule enuie
Attaque ſa gloire & ſa vie;
Qu'il faut aux jaloux de ſon ſort,
Ou ſon infamie, ou ſa mort;
Et recitant les Vers d'Acante,
Dit ce que c'eſt qui les tourmente,
Qu'il a trop éleué ſon nom,
Et que ſon crime eſt ſon rénom;
Qu'il eſt vray que dans ſon Empire
Pour elle vn Roitelet ſoûpire,
Et dépeint ſi bien ſon ennuy,
Qu'elle a quelque eſtime pour luy;
Mais que leur innocente intrigue
Ne cache reuolte, ny brigue.
Non, grand Roy, dit-elle en courroux,
Nous n'auons rien dit contre vous
Qui vous bleſſe, ou vous faſſe injure;
Et i'aimerois mieux, ie le jure,
Que iamais il ne m'en contât,
Que me parler contre l'Eſtat.
Vn Amant preſſé de ſa flame,
Parle de l'eſtat de ſon ame,
Laiſſe à leur gré regner les Roys....
Hé bien, Fauuette, ie vous crois,
Dit l'Aigle, & voy qu'on vous offenſe
Sous la plus noire médiſance,

Ie voy vos desseins innocens,
Car i'ay les yeux vifs & perçans;
Ie vous rends la vie & la gloire,
Mais ie pretens que vostre histoire
Me soit dite plus d'vne fois;
On en doit diuertir les Rois,
Et ie n'en oüis de ma vie
De mieux dite & de mieux suiuie;
La moindre circonstance en plaist.
Dites au reste au Roitelet,
Que sans m'irriter dauantage,
Il change de nom, s'il est sage.
Apres cela, les Deputez
S'en allerent fort rebutez,
Penauts; confus; battant de l'aisle;
L'Aigle les joüe, & les querelle,
Et pour les rendre encor plus forts,
A la Fauuette dit ces mots.
Adieu, Fauuette ma mignonne,
Allez, ne redoutez personne,
Et retournez à ce jardin
D'où vous vient le rare destin
D'estre l'objet des Vers d'Acante,
Afin qu'encore plus on vous vante;
Fauuette, desormais il faut
Vous nommer l'Oiseau de Sapho;

Par tout ſa gloire eſt répanduë,
Et vous en ſerez plus connuë.
Voila tout ce qu'à ſon retour
Fauuette m'en dit l'autre jour.

ALCIDON.

Mais à ce conte elle eſt heureuſe,
Puis qu'enfin l'enuie honteuſe
Son murmure doit étouffer,
Et qu'elle vient d'en triompher.
Qu'a-t'elle dauantage à craindre?
Quel ſujet a-t'on de la plaindre?

LE PINÇON.

Helas! mille ennemis ſecrets
A luy nuire ſont toûjours preſts;
Apres cette entrepriſe vaine,
La honte redouble leur haine,
Car hors le Roitelet & moy,
Elle n'a point d'Oiſeau pour ſoy,
Point qui malgré l'ordre du Prince
D'vn bec affilé ne la pince.
Alcidon, que l'ambition
Eſt vne étrange paſſion!
Vous en voyez vn grand exemple.

ALCIDON.

I'en vois vne preuue assez ample:
Mais puis que vous la connoissez,
Que tant d'Esprits en sont blessez,
De la vostre soyez le maistre,
Gardez-vous bien de trop paraistre,
Gardez-vous bien d'en trop auoir.
Adieu, Pinçon, jusqu'au reuoir.

L'ABBE' DE LA C.

ELEGIE.

TRistesse, Ennuy, Chagrin, Langueur, Melancolie,
Troublerez-vous toûjours le repos de ma vie?
A toute heure, en tous lieux, sentiray-je vos coups,
Et ne pouray-je pas estre vn moment sans vous?
Ie viens dans ces Deserts chercher la solitude,
Où seule, loin du bruit & de la multitude,
Ie puisse en liberté dire mes sentimens.
Deserts, soyez témoins des peines que ie sens;
L'esprit tout agité de mortelles alarmes,
Ie viens icy cacher mes soûpirs & mes larmes;
Comme aux seuls confidens de toute ma douleur,
Ie viens vous découurir les secrets de mon cœur;
Le chagrin me deuore, & mon ame abatuë,
Sans force & sans secours, cede au mal qui la tuë;
Ie souffre, sans sçauoir ce qui me fait souffrir;
Ie cherche, mais en vain, le moyen de guerir:
Helas! tout m'est fatal, tout fait mon infortune;
Tout ce qui me plaisoit, aujourd'huy m'importune;

Mon Esprit accablé sous de rudes combats,
Considere sa peine, & ne la comprend pas:
De mes yeux languissans vn éloquent silence,
En dépit de moy-mesme, explique ma souffrance;
Ie n'ay point de repos, ny la nuit, ny le jour.
Helas! d'où viẽt mon mal? n'est-ce pas de l'Amour?
Ie ne puis voir Tirsis, que ie ne sois émeuë,
Ie rougis de paroistre interdite à sa veuë:
En sa mine, en son air, en chacun de ses traits,
Ie trouue des appas inconnus & secrets;
Le feu de ses regards par qui son feu s'explique,
Etincelle de joye, & me la communique;
Quand ie ne le vois plus, ô Dieux! quel chãgement!
Il estoit mon plaisir, il deuient mon tourment.
Dans le trouble fâcheux que l'absence me cause,
Ma raison incertaine à soy-mesme s'oppose;
L'objet que i'ay laissé, ne me sçauroit laisser,
Tous les autres objets ne le peuuent chasser.
Incessamment Tirsis occupe ma pensée;
Sans le voir ie le vois, & mon ame blessée
Se trace nuit & jour ce phantôme charmant;
Quoyque loin de mes yeux, il m'est toûjours present.
Vn transport tout de feu éclate en son visage,
Sa majesté me plaist, & sa douceur m'engage,
Et ce ie ne sçay quoy qu'on ne peut exprimer,
M'a plus de mille fois conseillé de l'aimer;

Ie suy cette belle ombre, & ie veux m'en defendre,
Mais par tout ie la vois, par tout ie crois l'entendre:
Trop aimable Tirsis, pourquoy mal à propos
Etaler tant d'appas, & troubler mon repos?
Veux-tu vaincre mon cœur autrefois inuincible?
Veux-tu rendre mon cœur à tes larmes sensible?
Mais que dis-je? peut-estre en es-tù possesseur,
Peut-estre est-il vaincu, peut-estre est-il vainqueur:
Helas! ie n'en sçay rien, i'ignore ma défaite,
Peut-estre en ce moment ta victoire est parfaite;
Vous vous estes, mon cœur, reuolté contre moy,
Et vous m'abandonnez, pour suiure vne autre Loy;
Ma flâme ne m'est pas tout à fait inconnuë.
Rigouréuse firté, qu'estes-vous deuenuë?
Que deuiens-je moy-mesme? & quel est le pouuoir
Qui me force à sortir des regles du deuoir?
Quoy, ceder à l'Amour? quoy, manquer de courage?
Quitter ma liberté pour vn rude esclauage?
Souffrir qu'vn fier Tyran, sans auoir combattu,
Triomphe, malgré moy, de toute ma vertu?
Non, ie me veux defendre, & soutenir ma gloire,
Des mains de mon vainqueur arracher la victoire:
La raison & l'honneur me l'ordonnent ainsi,
Tout le veut, ie le dois, & ie le veux aussi.
Mais que disje, ô grands Dieux! ie parle en insensée:
Foibles raisonnemens, sortez de ma pensée,

Ma flame vous dément, & mon cœur aujourd'huy
Se soûmet à l'Amour, & ne connoist que luy.
Helas! qu'il est changé! ie le cherche en luy-méme,
Mõ cœur n'estplus mõcœur, ilsuit l'objetqu'il aime,
Il ne vit que pour luy, il consent à ses vœux,
Il soûpire, il languit, il brule de ses feux,
I'en rougis de dépit, ma vertu s'en offence.
Quoy, toute ma raison se trouue sans puissance!
Quoy, ma noble fierté s'est soûmise à son tour!
Il faloit ou mourir, ou surmonter l'Amour;
Il faloit constamment combattre pour ma gloire,
Remporter sur moy-mesme vne illustre victoire,
Etouffer cette ardeur dont mon cœur est épris,
Et pour tout dire enfin, resister à Tirsis.
Resister à Tirsis! mais le crois-je possible?
Puis-je viure toûjours à ses vœux insensible?
Ha! cela ne se peut, il n'y faut plus penser,
L'amour qu'il a pour moy ne sçauroit m'offenser,
Il aime auec respect, & ie puis sans foiblesse
Ecouter ses soûpirs, répondre à sa tendresse:
Ie sçay que sa vertu peut engager mon cœur;
Il sçait l'art de flechir ma seuere rigueur,
Il ménage auec soin ce moment fauorable
Qui le peut faire aimer autant qu'il est aimable.
Que ses charmes sõtgrãds, que son trãsport estdoux,
Quand il dit, ie vous aime, & ie n'aime que vous!

A ces mots il ſoûpire, & ſes yeux pleins de flame
Brillent du feu ſecret qui brule dans ſon ame;
Ils ſont paſſionnez, ils ont de la douceur;
Leurs regards où l'on voit la joye & la langueur,
Me diſent ſans parler, qu'il craint, & qu'il eſpere:
D'vn viſage trop fier, & d'vn air trop ſeuere,
Ie voulois éuiter ce charmant entretien,
Et feignois d'ignorer ce que ie ſçauois bien.
Ne parlez plus, Tirſis, de peine & de martyre;
Eſperez, ie vous aime, enfin ie l'oſe dire;
Ie reçois voſtre cœur, ie reçois vos ſoûpirs,
Vniſſons noſtre flame, vniſſons nos deſirs,
Contentons noſtre ardeur, laiſſons parler l'Enuie,
Ioüiſſons des plaiſirs les plus doux de la vie;
Et pour me rẽdre heureuſe, & pour vous rẽdre heureux,
Aimons-nous, aimons-nous, & cheriſſons nos feux.
Tu es vainqueur, Amour, ie cede à ta puiſſance,
Aſſez & trop longtemps ie t'ay fait reſiſtance;
Par ta force inuincible, & tes attraits puiſſans,
Tu maîtriſe aujourd'huy ma raiſon & mes ſens;
Ie flechis ſous les loix de mon aimable Empire,
Puis qu'aimer eſt enfin tout ce que ie deſire.
Viens triompher, Amour, de mon cœur & de moy;
Eſprit, Honneur, Vertu, tout ſe ſoûmet à toy.

RVPTVRE.

STANCES IRREGVLIERES.

ENfin ie suis en liberté,
I'ay brisé l'amoureuse chaîne
Où ie languissois arresté;
Les charmes d'Vranie, & toute sa beauté,
Ne sont plus à mes yeux qu'vne chimere vaine;
Sa douceur, ny sa cruauté,
Ne font plus desormais mon plaisir, ny ma peine;
Elle n'est plus ma Souueraine,
Et dedans mon cœur reuolté
Ie ne reconnois plus ny de Roy, ny de Reyne,
Que moy seul, & ma volonté.
L'Amour n'eut iamais de suplice
Pour ceux qui viuent sous ses Loix,
Qu'il ne m'ait durant quelques mois
Fait endurer à son seruice.
La longue absence, & les Riuaux,

La froide Ialouſie, & ſes ſecrets Bourreaux,
M'ont dõné tous les jours mille tourmẽs nouueaux,
Et depuis qu'on ſe plaint dans l'amoureux Empire,
Qu'on y pleure, & qu'on y ſoûpire,
Iamais au fort de ſon martyre
Amant ne ſouffrit tant de maux.

Cependant le plaiſir d'aimer, & d'eſtre aimé,
M'auoit ſi puiſſamment charmé,
Que ſouuent l'ardeur infinie
Dont ie brulois pour Vranie,
Me faiſoit demander aux Dieux,
D'expirer vn jour à ſes yeux,
Apres l'auoir longtemps ſeruie.
Dans cette ſorte de trépas
Ie m'imaginois tant d'appas,
Que mon ame en eſtoit rauie;
Et ſi i'euſſe obtenu de perdre ainſi la vie,
I'euſſe eſtimé mon ſort ſi glorieux,
Que ie n'euſſe pas crû deuoir porter enuie
A celuy des Roys, ny des Dieux.

Mais ie ſuis reuenu de cette extrauagance,
Et ce n'eſt plus dans la ſouffrance,

Dans la soûmission, & dans l'obeïssance,
Que ie mets desormais ma gloire & mon bonheur,
Quand l'Amour estoit mon vainqueur,
Quand il regnoit dedans mon cœur
Auec toute sa violence,
Et qu'il y conseruoit cette mesme puissance
Qu'il eust en sa naissance,
Alors i'auois ces sentimens,
Et ie me piquois de constance,
Comme les Heros des Romans.

Aujourd'huy i'ay plus de sagesse;
Ie connoy quelle est la foiblesse
D'vn Homme dans l'engagement,
Qui pleure & soûpire sans cesse;
Qui pour vne Philis souffre eternellement
Quelque nouueau tourment;
Qui tantost craint son changement,
Et qu'vn plus agreable Amant
N'aille surprendre sa tendresse;
Tantost pour vn éloignement
De cinq ou six jours seulement,
S'afflige aussi cruellement
Que s'il deuoit cèrtainement
Ne reuoir iamais sa Maistresse;

Et qui, soit que le jour ou finisse, ou paroisse,
N'a iamais de repos, ny de soulagement.

I'ay languy plusieurs mois dãs vn estat semblable:
On dit que du Ciel rigoureux
C'est vn Arrest irréuocable,
Que l'on soit vne fois fortement amoureux;
Et que ny le sot, ny le sage,
Dans la Cour, ny dans le Village,
Ne sçauroient éuiter ce destin malheureux:
Mais i'ay fait mon apprentissage;
Et si iamais mon cœur s'engage
A tenter vn second naufrage,
Puisse-t'il pour le Port, au milieu de l'orage,
Ne former tous les iours que d'inutiles vœux!
Puisse-t'il soûpirer longtemps pour le riuage,
Et ne l'obtenir point, que l'âge
Ne m'ait fait blanchir les cheueux!

Si celle de qui i'ay fait serment
De l'aimer eternellement,
Veut bien apres cela me croire,
Qu'elle change pareillement;
C'est l'auis le plus salutaire

Que puiſſe charitablement
Luy donner defunt ſon Amant:
Sinon qu'elle ſe plaigne ou d'elle ſeulement,
Ou du Deſtin contraire,
Et que iamais elle n'eſpere,
Qu'apres eſtre ſorty d'vne meſchante affaire,
Ie m'y rengage ſottement.

Ce n'eſt pas que d'vn ſot caprice
Ecoutant l'aueugle fureur,
Ie veüille la bannir tout à fait de mon cœur,
Ou que i'aye aſſez d'injuſtice
Pour vouloir que l'Autel où i'ay fait ſacrifice
Me ſoit deſormais en horreur:
Au contraire, toute ma vie
Ie veux que le nom d'Vranie
Me ſoit vn nom doux & charmant;
Ie veux malgré ſon changement
Garder toûjours pour elle vne eſtime infinie:
Mais pour elle, ny pour Siluie,
Pour Philis, ny pour Idalie,
Ni pour tant de beautez à qui l'on fait la Cour,
Il ne me prendra plus enuie
De paſſer juſques à l'Amour.

SVR VN AVORTON.

SONNET.

HOnneur, Tyran cruel qui me vas poursuiuant,
Ne me tourmente plus pour sauuer mõ estime,
Faut-il qu'vn innocent, pour estre illegitime,
Trouue dedans mon sein vn sepulchre viuant?

T'écouteray-je encor, toy qui dis si souuent
Qu'il faut que ie suprime vn crime par vn crime,
Et qu'il faut immoler cette tendre victime
Pour conseruer l'hõneur qui n'est qu'vn peu de vent?

Nature, Amour, Hõneur, quel de vous dois je suiure?
Le faut-il suprimer, le faut-il laisser viure?
Doit-il perdre le jour auant que l'auoir veu?

Oüy sans doute, il le faut, sauuons la renommée,
Cet Enfant n'est formé que par vn peu de feu,
Il le faut suprimer par vn peu de fumée.

SVR LE MESME.

MADRIGAL.

TOy qui meurs auant que de naiſtre,
Aſſemblage confus de l'eſtre & du neant,
Foible Auorton, diforme Enfant,
Rebut du neant & de l'eſtre,
Toy que l'Amour fit par vn crime,
Et que l'Honneur défait par vn crime à ſon tour;
Funeſte ouurage de l'Amour,
De l'Honneur funeſte victime,
Laiſſe-moy calmer mon ennuy,
Et du fond du neant où tu r'entre aujourd'huy,
N'entretiens point l'horreur dõt ma faute eſt ſuiuie;
Deux Tyrans oppoſez ont decidé ton ſort:
L'Amour, malgré l'Honneur, te fit donner la vie;
L'Honneur, malgré l'Amour, te fait dõner la mort.

D. N.

H

A LA MERE.

MADRIGAL.

MEre qui veux cesser de l'estre,
Qui détruis ton ouurage apres l'auoir formé,
Et fais vn sepulchre animé
Du ventre dont ie deuois naistre;
Toy qui combattant la Nature
Par vn coup inhumain à mon sort si fatal,
Fais preceder mon jour natal
A celuy de ma sepulture,
Laisse-moy déplorer mon sort:
L'Honneur, pour se venger, a conspiré ma mort,
Dans ton flanc, malgré luy, ie m'ouuris le passage;
Cet Honneur offensé m'en punit à ce jour,
Et le cruel rendant outrage pour outrage,
Comme ie l'ay détruit, me détruit à son tour.

EPITAPHE
DE MADEMOISELLE DE G.

CY gist le Corps d'vne rare Beauté
Qui possеda tous les dons de Nature,
Plains vn peu sa triste auanture,
Passant, car elle a merité
De se faire pleurer de la Race future.
Dés qu'elle parut à la Cour,
Elle y sceut donner de l'amour;
Son cœur en sceut prendre de méme:
Mais son cœur en prit trop, & son amour extréme
Luy fit sacrifier jusques à son honneur:
L'honneur blessé d'Iris voulut vn sacrifice;
Et pour satisfaire l'honneur,
Iris, sans consulter son cœur,
Immola le fruit de son vice:
Ce fruit qui n'estoit pas encore bien formé,
Se seruit de la voix de l'Amour animé,
Pour crier à son tour, & demander vengeance;
Et comme il ne suffisoit pas
D'vn simple châtiment pour cette grande offense,
Iris, la belle Iris, endura le trépas.

EPITAPHE
SVR VN POETE CAZANIER.

CY gist qui ne fit autre chose
Que ce qu'il fait à son trépas.
Ce qu'il fait, ne le sçais-tu pas?
Il fait des Vers, & se repose.

A MADEMOISELLE DE....
EPIGRAMME.

LVcrece & Didon, comme on sçait,
S'occirent de mort volontaire;
Mais ce fut apres l'auoir fait:
Et vous, mourriez-vous sans le faire?

POVR DES DAMES habillées en Egyptiennes.

STANCES GALANTES.

TRoupes qui vous meſlez de prẽdre & de prédire,
Et dont l'art de rauir gagne par tout le prix,
Ie trouue icy mon cœur à dire,
Deuinez vn peu qui l'a pris?

Eſt-ce la Brune, eſt-ce la Blonde,
Eſt-ce Orante, ou Philis, qui m'enleue mon bien?
Sur ma foy vous dupez le monde,
Ie croy que vous n'en ſçauez rien.

Toutefois ſi dire ie l'oſe,
Celle qui me dit en partant
Vn petit mot à bout portant,
En pourroit ſçauoir quelque choſe,
Et i'en ſerois aſſez content.

Ie ne dis pas qu'elle est d'vne Race immortelle,
Ny qu'vn Heros la suit, & la sert sans regret;
Mais à mon gré c'est la plus belle,
Et ie vous ay dit mon secret.

Sa belle Danse est vne grande course,
Où ses yeux & ses mains lâcent des traits vainqueurs;
Elle commence par les cœurs,
Et finit apres par la bouche.

Celuy qui s'en pourra garder,
A de la sagesse à reuendre;
Mais il ne peut la regarder,
S'il a dessein de s'en defendre.

L'ABBE' C.

MADRIGAL.

CAliste, vous dites de moy
Que ie suis traistre, ingrat, sans foy,
Mesme que i'ay mauuaise mine,
Et que mon humeur est chagrine:
I'y consens, dites encor pis;
Mais d'vn mépris si grand, croyez que ie me ris,
Car en deux mots voicy d'où vous viẽt l'encloüeure,
Vous me tenez sur le Tapis,
Ne pouuant me tenir dessous la Couuerture.

D. H.

EPIGRAMME.

ALcipe est des plus diligens
A secourir dans vne affaire;
Il sçait bien obliger les Gens,
Mais c'est pardeuant vn Notaire.

D. H.

EPIGRAMME.

L'Autre jour, vne apresdisnée,
Amarante la fortunée
Eút vn beau Lit pour vingt escus,
Voyez jusqu'où va sa fortune?
Par vne voye assez commune,
Elle en gagna trente dessus.

D. H.

MADRIGAL.

Tibaut ſe plaignoit à ſa Femme,
De ce que Blaiſe la baiſoit,
Et luy donnoit le nom d'infame,
Parce que mal elle en vſoit:
Elle ſe mettant en colere,
Répondit ſans aucun myſtere,
Il eſt vray, ſot, & ie le veux:
Mais luy tout indigné d'vne telle parole,
Chercha de ce moment à gagner la Verole,
Afin qu'il pût par là ſe vanger de tous deux.

D. H.

SVR VNE MAIGRE, qui se vantoit de sagesse à contretemps.

MADRIGAL.

ISabeau qui fait tant la prude,
Et qu'on n'oseroit approcher,
Dit que le peché de la chair
Ne luy donna jamais aucune inquietude:
Pour moy i'en veux croire Isabeau,
Puis qu'elle n'eut iamais que les os & la peau.

D. H.

SVR LA MORT de Madame.

SONNET.

ROy, l'exemple des Roys, mettez-vous en repos;
De toute vostre force au besoin r'assemblée,
Soustenez ce reuers meslé mal à propos
Dans les prosperitez dont la France est comblée.

Le deüil n'est point pour vous, & l'ame des Heros
Est vne region mal-aisément troublée
Par ces noires vapeurs de soûpirs, de sanglots,
Dont on voit icy-bas la Nature accablée.

Cependant il est vray que vous auez pleuré,
A trauers le Heros l'Homme s'est declaré,
Hauteur, ny fermeté, n'ont pû vous en defendre.

Vous estes magnanime, & grand, & genereux,
Mais on ne sçauoit pas que vous fussiez si tendre.
Quel bõheur n'est-ce point pour tãt de malheureux?

D. B.

AIR.

SOûpirs, confidens de mes vœux,
Secrets arbitres de mes feux,
Si i'ay fait dessein de me taire,
Parlez pour moy, n'oseriez-vous le faire,
Ny declarer ce que ie veux?
Soûpirs, sortez,
Témoignez mon martyre;
Mais reuenez,
Ne dites pas ce que ie n'ose dire.

Faut-il qu'vne juste rigueur
Vous tienne cachez dans mon cœur,
Sans que vous osiez vous en plaindre?
Cessez enfin, cessez de vous contraindre,
Soûpirs, expliquez ma langueur,
Parlez à tous
De mon cruel martyre;

Mais taiſez-vous,
Ne dites pas ce que ie n'oſe dire.
Vous mourez de langueur ſur le ſein de Siluie:
Helas! ie trouuerois la vie,
Où vous trouuerez la mort.

L'ABBE' DE L.

STANCES
Irrégulieres.

Qve l'âge d'or estoit parfait!
Non, parce qu'en ce temps de paix & d'innocence,
Ces Riuieres estoient de lait,
Et les Bois distiloient du miel en abondance;
Non pas, parce que tous les fruits
Estoient par la terre produits,
Sans qu'on la cultiuast, ny qu'on s'en mist en peine;
Non pas, parce que sans venin,
Le Serpent paisible & benin,
Ne faisoit aucun mal des dents, ny de l'haleine.

Moins encor, parce que le Ciel,
Dans la serenité d'vn Printemps eternel,
N'estoit couuert d'aucuns nuages;
Non pas du tout encor, parce que sur les Eaux,
Ni Marchāds, ni Guerriers, n'auoiēt aucuns Vaisseaux
Pour pouuoir changer de riuages:

Mais parce que ce nom remply de vanité,
Ce vain nom, sans sujet, que l'ignorant vulgaire
Ose nommer honneur, d'vne sotte maniere,
N'auoit dessus les cœurs aucune authorité.

Ce fier Tyran de la Nature
Ne messoit point encor son chagrin rigoureux
Auec la douceur toute pure
Qui suit les plaisirs amoureux:
On ne connoissoit point sa loy dure & seuere,
La liberté regnoit auec puissance entiere;
Et tous ces vains respects de la joye ennemis,
Passoient pour vne bagatelle;
Et suiuant la Loy naturelle,
Ce qui plaisoit, estoit permis.

On voyoit les amours sans armes,
Et sans Carquois, & sans flambeaux,
Dessus les fleurs, au bord des eaux,
Faire mille tours pleins de charmes.
Dans ces mesmes lieux, les Pasteurs,
Auec celles que de leurs cœurs
Ils auoient rendus les Maistresses,
Se baisoient amoureusement,

Et par mille & mille caresses,
Témoignoient leur ardeur & leur contentement.

D'vne sotte pudeur, les Nymphes peu touchées,
N'exerçoient sur les gens aucunes cruautez,
Et montroient sans façons leurs secrettes beautez,
Que sous vn voile obscur elles tiennent cachées:
Et souuent on voyoit & l'Amante, & l'Amant,
Ou dans les eaux d'vn Lac, ou dans vne Fontaine,
Par des transports de plaisirs & de peine,
Se pâmer reciproquement.

Mais ta maxime, Honneur, injuste & dangereuse,
Fait que l'on ne peut plus au gré de ses desirs,
Dans la Fontaine des plaisirs,
Eteindre sa soif amoureuse:
Et c'est de toy, que deux beaux yeux
Ont appris de cacher leurs clartez & leurs feux,
Et tourner leurs regards auecque modestie;
Et si l'on ne void plus de longs cheueux épars
Au gré d'vn doux Zephir floter de toutes parts,
Toy seul fais le nœud qui les lie.

C'est de toy qu'est venu l'art de dissimuler,
Et la crainte de trop parler:
Tu composes tes pas d'vne démarche graue,
Et l'on ne peut auoir, que par emportement,
D'vn cœur de ta manie esclaue,
Ce qu'autrefois l'Amour accordoit librement:
Tes plus fameux emplois, sõt nos pleurs & nos peines,
Et tu fais vanité de nous donner des chaînes.

Mais, ô Maistre absolu des Princes & des Roys,
Dont Nature & l'Amour reconnoissent les Loix,
Qu'est-ce que tu pretens de faire?
Trouble ceux qui sont à la Cour,
Et laisse dans ce Lieu champestre & solitaire,
L'ancienne liberté de Nature & d'Amour.

Aimons, l'Amour est agreable;
Aimons, puis qu'insensiblement
Nous marchons vers le Monument,
Et qu'il nous est inéuitable.
Si le Soleil meurt tous les jours,
Ce bel Astre renaist toûjours,

Auecque sa splendeur premiere:
Mais quand vne fois le trépas
Nous a priué de la lumiere,
Nous mourons sans ressource, & ne renaissons pas.

IOVISSANCE, imitée du Guarini.

MADRIGAL.

LA jeune Licoris, apres mille combats,
A la fin vaincuë & blessée,
Par son heureux Amant se voyoit embrassée,
De foiblesse & d'amour tombée entre ses bras;
Le regard languissant, la paupiere tremblante,
Elle luy dit d'vn air & d'vne voix mourante,
Que me donneras-tu, mon aimable Vainqueur,
Pour digne prix de mon honneur
Que ie viens d'immoler à ta brulante enuie?
Et mon bien, & ma vie,
Répond le Berger en mourant,
Par vn excés d'amour, de plaisir, & de flame:
Ha! ie voudrois, dit-elle alors en soûpirant,
Te donner encore mon ame.

SVR VNE FILLE qui auoit le mal de mer.

IRis entre les bras de trois jeunes Galans
Endure vne douleur extréme,
Et par des efforts violens
Semble s'arracher à soy-méme:
On luy découure son beau sein,
On appelle le Medecin,
Qui court promptement à son aide:
Amour, tu connois bien ce qui t'a fait souffrir,
Chasse le Medecin, applique le remede,
C'est toy seul qui la peux guerir.

A IRIS.

ELEGIE.

IE viens, cruelle Iris, les yeux baignez de larmes,
Me jetter à vos pieds, & vous rendre les armes,
Ie viens, malgré les maux que i'ay déja souffers,
Rentrer dans vos prisons, me remettre en vos fers,
Endurer les rigueurs de mon premier martyre,
Suiure vos diuers loix, mourir sous vostre empire,
Et vous faire paroistre vn cuisant repentir,
D'auoir insolemment essayé d'en sortir.
Lors que de vos beaux yeux la prõpte & viue flame,
En passant dans les miens, vint embraser mon ame,
Et que mon cœur épris de leur viue clarté,
Leur offrit, en tremblant, sa chere liberté;
Leur extréme douceur qui promet & qui flate,
Qui semble incompatible auec vne ame ingrate,
Et qui sçait allumer tãt d'aimables desirs,
Me parut en secret approuuer mes soûpirs.
Ie crûs que leurs regards me seroient fauorables,
Ie crûs que ces beaux yeux, ces yeux doux, adorables,

Voyant mon triste cœur tout percé de leurs traits,
Prẽdroiẽt quelquẽ pitié des maux qu'ils auroiẽt faits.
Mais helas! quand i'osay vous declarer ma peine,
Ie connus à quel poinct vous estiez inhumaine;
Ie vis que vostre cœur enflamé de couroux,
N'estoit pas moins cruel, que vos yeux estoiẽt doux.
I'eus beau vous protester, qu'auecque violence,
L'Amour m'auoit forcé de rompre le silence,
Et que des mesmes feux dont il m'auoit brulé,
Il m'auroit fait mourir, si ie n'eusse parlé:
Rien ne pût appaiser vostre injuste colere,
Et depuis ce moment où ie sceus vous déplaire,
Ie n'ay fait que gemir, que répandre des pleurs,
Et nourrir dans mon sein de cruelles douleurs.
Ie languissois ainsi, loin de toute esperance,
Et ployois sous le faix de la perseuerance,
Quand vn lâche dépit voulant me secourir,
Faillit à me tuer, au lieu de me guerir:
Ce noir fils du chagrin & de l'impatience,
Etalant les ennuis de ma longue souffrance,
Et l'incroyable excés de vostre cruauté,
Fit voir adroitement à mon cœur irrité
Tous les autres Amans au milieu des delices,
Et qu'il estoit tout seul accablé de suplices:
Il me fit remarquer mille & mille Bergers,
D'vn merite commun, inconstans & legers,

Qui par vn simple aueu de leurs flames legeres,
Auoient sceu conquerir mille & mille Bergeres,
Et qui ne trouuant plus d'obstacle à leurs desirs,
Passoient leur douce vie au milieu des plaisirs:
Mais le cruel poussant plus loin son stratagéme,
Me fit en mesme temps reflechir sur moy-méme,
Où ne voyant qu'amour & que sincerité,
Que respect, que tendresse, & que fidelité,
Qui de vous, belle Iris, pour toute recompense,
N'ont eu que du mépris, ou de l'indiference;
Il me fit auoüer, qu'entre les Amoureux,
I'estois le plus fidelle, & le plus malheureux,
Me reprochant alors d'auoir peu de courage,
De souffrir si longtemps vn si sensible outrage:
Romps ces indignes fers, me dit cet emporté,
Et reprens pour toûjours ta chere liberté;
Que desormais l'Amour cesse d'estre ton Maistre,
Puis que l'Amour enfin n'est qu'vn fourbe & qu'vn traistre,
Qui t'ayãt par surprise engagé sous sa loy,
Te manque de parole, & se moque de toy:
Pour secoüer son joug, & brauer sa puissance,
Il ne faut que d'Iris éuiter la presence,
Sa force est tout en elle, & cet audacieux
N'estpuissãt que des traits qu'il prẽd dãs ses beaux yeux;
Fuis ses charmans appas dont ton ame est rauie,
Asseure, en t'éloignant, le repos de ta vie,

Et ſçache que l'oubly, ſuiuy d'vn faux mépris,
Te vengera bientoſt de l'Amour, & d'Iris.
¶ Cet injuſte conſeil me parut legitime,
Et voila, belle Iris, où commença mon crime:
I'écoutay folement ce propos ſuborneur,
Dont le dépit tâchoit d'empoiſonner mon cœur;
Ie voulus vous quitter pour éteindre ma flame;
Et le traiſtre, à tel poinct, ſceut aueugler mon ame,
Que ie crûs loin de vous trouuer quelques appas,
Et pouuoir viure heureux, où vous ne ſeriez pas.
Doncques pour me guerir de mon ardeur cruelle,
Ie me laiſſay conduire enfin par ce rebelle,
Et d'vn viſage triſte abandonnant ces lieux,
I'allay chercher aux champs à diuertir mes yeux.
Du bel Aſtre du Iour, la belle Auantcouriere,
Ouuroit de l'Orient la pompeuſe carriere,
Et ſur vn Char d'opale, entouré de rubis,
Faiſoit éclater l'or de ſes riches habits;
Quand d'vn pas incertain, ſuiuant ma reſverie,
Ie me vis au milieu d'vne longue Prairie,
Où brilloient à l'enuy mille petites fleurs
Qui formoient vn tapis de diuerſes couleurs:
Vn Ruiſſeau s'égayant à la clarté nouuelle,
Promenoit tout autour ſon onde claire & belle,
Enrichiſſoit de jongs le riuage humecté,
Et ſembloit en ſon cours vn Serpent argenté,

Qui montrant au Soleil ses écailles superbes,
En replis ondoyans se traisnoit sur les herbes:
Mille Oyseaux de plumage & de voix diferens,
Sur les rameaux fleuris des buissons odorans,
Faisant vn doux concert de leurs diuers ramages,
Saluoient la lumiere, & luy rendoient hommage:
Mais helas! ces objets à mes yeux presentez,
Loin, trop aimable Iris, d'effacer vos beautez,
Vinrent dedans mon cœur en rafraischir l'idée,
Que malgré le dépit, il auoit conseruée.
Ainsi loin de trouuer en ce charmant sejour
Vn azile à couuert des forces de l'Amour,
Ie connus aussi-tost, admirant sa puissance,
Que i'estois en des lieux de son obeïssance:
Par tout où ie jettay mes timides regards,
Ce cruel à mes yeux s'offrit de toutes parts;
Sur la verte Prairie où Flore se retire,
Tantost il se joüoit auec le doux Zephire;
Tantost pres des Oyseaux il venoit s'arrester,
Conduisoit leur musique, & les faisoit chanter;
Tantost enfin assis sur la riue de l'onde,
Il aiguisoit ses traits vainqueurs de tout le monde.
Fuyons, criay-je alors, & nous sauuons ailleurs;
L'Amour est dās les Prez, l'Amour est sous ces fleurs.

Sur vn Mont sourcilleux, & presque innaccessible
Par les rudes sentiers d'vne route penible,

Fuyant de ces beaux lieux les dangereux appas,
Toûjours triste & chagrin, ie conduisis mes pas:
Au sommet de ce Mont, vn Bois épais & sombre,
Sous ses rameaux touffus, gardoit le frais & l'ombre,
Qui redoutant les traits du Dieu de la clarté,
Dans cet azile obscur cherchoient leur seureté:
La mousse parfumée, & les herbes champestres,
Qui croissant à l'abry des Chesnes & des Haistres,
Semblent en reuerer l'étonnante hauteur,
Exhaloient tout autour vne agreable odeur:
Au trauers des Halliers & des vertes Fougéres,
Erroient les Daims peureux, & les Biches legéres,
Qui rentroient aussi-tost dans le Bois le plus noir,
Et que l'œil incertain ne faisoit qu'entrevoir.
Ie voulus m'arrester, pressé de lassitude,
Et gouster le repos dans cette solitude;
Mais helas! ie vis bien que pour les Amoureux,
Encor plus que les Prez, les Bois sont dangereux,
Que leur silence & l'ombre enflament leur blessure,
Et que le verd lambris d'vne Forest obscure,
Qui resiste aux ardeurs du grand Flambeau du jour,
N'est pas impenetrable à celles de l'Amour:
Ie le vis, le cruel, qui dans ce lieu sauuage,
Auec son petit Arc, faisoit plus de rauage
Que Diane n'en fait dans toutes les Forests:
Rien qui se presentât, n'échapoit à ses traits;

Le timide Chevreüil, quoy qu'aiſlé par la crainte,
En auoit reſſenty l'inéuitable atteinte;
Le Cerf tramoit ſans ceſſe, en ſon Fort retiré,
Du coup que dans ſon cœur l'Amour auoit tiré;
La Tourte deſolée, & plaignant ſon veufuage,
Sur vn petit rameau dépoüillé de feüillage,
Par ſon chant langoureux, exprimoit ſon tourment,
Et rempliſſoit le Bois d'vn long gemiſſement.
Ie ne ſçay s'il me vit; mais au fond de mon ame
Ie ſentis auſſi-toſt deſcendre vn trait de flame,
Qui réueillant en moy voſtre doux ſouuenir,
Fit à mon cœur bleſſé pouſſer vn grand ſoûpir;
Ie ſors de la Foreſt, & le long de la Plaine
Ie ſuy aueuglement le dépit qui m'entraine;
Ie trauerſe des Champs, des Citez, des Deſerts,
Des Coſtaux, des Vallons, des Fleuues, & des Mers;
Ie paſſe en mille lieux pour ſoulager ma peine:
Mais de quelque coſté que le dépit me meine,
De ce cruel Enfant ie ſens toûjours les coups,
Et ne puis m'éloigner, ny de luy, ny de vous.
Ces Prez, ces Bois, ces Fleurs, dont la viue peinture
Pare agreablement le ſein de la Nature,
Ces Monts impérieux, ces Deſerts écartez,
Ces fertiles Valons, ces celebres Citez,
Ces verdoyans Coſtaux, ces jauniſſantes Plaines,
Ces Fleuues & ces Mers, & ces claires Fontaines,

D'vn langage muet, me disent tour à tour,
Il n'est rien qui ne cede au pouuoir de l'Amour;
Puis au fond de mon cœur retraçant vostre image,
A l'enuy l'vn de l'autre ils luy rendoient hommage,
Et disoient tour à tour, en luy quittant le prix,
Il n'est rien qui ne cede à la beauté d'Iris.
Ainsi ie reconnus ma trop vaine entreprise,
Et l'erreur dont mon ame auoit esté surprise;
Ainsi ie vis mon crime, & i'en eus tant d'horreur,
Que i'en pensay mourir de honte & de douleur.
Ie viens donc, belle Iris, les yeux baignez de larmes,
Me jetter à vos pieds, & vous rendre les armes;
Ie viens, malgré les maux que i'ay déja soufferts,
Rentrer dans vos prisons, me remettre en vos fers,
Endurer les rigueurs de mon premier martyre,
Suiure vos dures loix, mourir sous vostre empire,
Et vous faire paroistre vn cruel repentir,
D'auoir insolemment essayé d'en sortir.

ELEGIE.

LEs Oyseaux par leurs chants, par leurs plaintes
aimables,
Inuoquent du Soleil les rayons adorables,
Au moment qu'il paroist sur son Char radieux,
Et fait briller son or parmy l'azur des Cieux:
Il éclairoit déja le sommet des Montagnes,
Blanchissoit de ses feux les humides campagnes;
Les bleds se releuoient couchez dans ses sillons,
Et les fleurs & les fruits adoroient ses rayons;
Lors que la belle Iris, cette rare merueille,
Des celestes beautez l'image sans pareille,
Arriue dans vn Bois, dont le sombre sejour
Fut propre de tout temps aux mysteres d'Amour:
Iris, quoy que chagrine, admire la verdure,
Des diferentes fleurs contemple la peinture,
Et de leur douce odeur les charmes innocens,
Répandent sur ses pas vn agreable Encens.
Vn Ruisseau serpentant portoit son onde claire
Par des flots argentins dans ce lieu solitaire;
Réueuse elle se panche au bord de ce Ruisseau,
Et le Dieu du Sommeil qui se glissa dans l'eau,

Endormit cette Belle au bruit d'vn doux murmure;
Cet aimable Enchanteur de toute la Nature,
Dessus le verd gazon auoit jonché des fleurs,
Afin qu'elle pût mieux assoupir ses douleurs;
Vn voile naturel composé d'vn feüillage,
Conseruoit aupres d'elle vn agreable ombrage,
Où son corps abatu sommeilla doucement;
Mais son esprit chagrin pensoit à son tourment;
En songe elle apperçoit deux blãches Tourterelles,
Qui montrent au Soleil la beauté de leurs aisles,
Et se flatans du bec, expriment leurs amours,
Se suiuans pas à pas, & faisant mille tours,
Par les signes diuers de leurs tendres caresses,
Témoignent à l'enuy leurs grandes allegresses.
Iris, de son sommeil se réueille en sursaut,
Rapelle ses esprits, & parlant vn peu haut,
Helas! s'écria-t'elle, ô trop aimable songe!
Vous pouuez soulager mon ennuy qui me ronge;
Ie pourois imiter ces deux chastes Oiseaux,
Et rencontrer comme eux la fin de mes trauaux:
C'est la sage Nature en l'estat d'innocence,
Qui regnoit dans le mõde au temps de son enfance,
Qu'ils suiuent pas à pas, qu'ils suiuent en tous lieux;
Mon cœur, prenez pour vous ce presage des Cieux,
Oüy, mon cœur, bannissez la cause de mes peines,
Ne soyez plus captif, brisez toutes mes chaînes;

Par ce songe du Ciel vous ordonnez d'aimer,
Mon cœur, si vous pouuez, laissez-vous enflamer,
Eprouuez de l'Amour les agreables charmes,
Ne soyez plus sujet à cent fausses alarmes,
Oronte est estimable, il est digne de moy,
Il se plaist à mes fers, il a receu ma loy:
Que si ce cher objet vous disoit, ie vous aime,
Seroit-ce vn si grand mal, si vous disiez de méme?
Resister plus longtemps, c'est irriter les Dieux;
Lés songes du matin sont enuoyez des Cieux;
Les Dieux ne parlẽt plus dãs le Siecle où nous sõmes,
Si ce n'est qu'en dormant ils instruisent les Hõmes;
Ils ont voulu m'instruire au bord de ce Ruisseau,
Et m'ont mesme endormie au murmure de l'eau,
Fait fuir les Zephirs, adoucir leurs haleines,
Et flaté du repos la grandeur de mes peines:
Mon visage inquiet, & mes yeux languissans,
Ne témoignent que trop les peines que ie sens.
Mon cœur, sans plus tarder, ces chastes Tourterelles
Vous montrent le chemin par leurs ardeurs fidelles,
Et vous font souuenir qu'Oronte est vostre Amant,
Il paroist à vos yeux, & dans ce cher moment
Voyez de ses vertus les charmes adorables,
Voyez de ses attraits les tresors admirables;
Sa sage modestie, & sa discretion,
Ont receu de mon cœur l'illustre impression.

Oüy, oüy, ie reconnoy que ces deux Tourterelles
Doiuent de vostre ardeur estre les vrais modelles,
Et parmy les transports dont vous estes flaté,
Il en faut imiter la chaste pureté.
Pudeur, ie vous respecte, & dãs mon amour méme
I'adore de vos loix la majesté supréme;
I'aimerois mieux mourir, & perdre mon Amant,
Que de les viôler vne fois seulement:
Ie les ay dans mon cœur si fortement grauées,
Et ie les ay toûjours tellement obseruées,
Que quãd par mes discours i'aurois pû les choquer,
Si ma voix a failly, mon cœur n'a pû manquer:
Amour, mon doux tyran, allez trouuer Oronte,
Ie ne luy direz pas, ie rougirois de honte;
Allez luy témoigner ce que ie sens pour luy,
Et cherchez les moyens de finir son ennuy.

MADRIGAL.

Tirsis, d'vn excés de plaisir
Estoit sur le poinct de mourir
Entre les bras de Philis qu'il adore,
Quand Philis que l'Amour range sous mesme loy,
Et que le mesme feu deuore,
Luy dit, ah! mon Tirsis, ah! ne meurs pas encore,
Ie veux mourir aueque toy.
Tirsis alors suspend l'enuie
Qu'il auoit de perdre la vie;
Mais par cette contrainte il se met aux abois,
Et n'osant pas mourir, il se meurt mille fois.
Cependant lors qu'au sein de cette jeune Amante,
Le Berger à longs traits boit l'amoureux poison,
Elle qui sent déja qu'elle entre en pâmoison,
D'vn regard languissant, & d'vne voix tremblante,
Luy dit, mon vnique soucy,
Meurs, mon Tirsis, car ie meurs aussy.
Soudain ce Berger tout en flame,
Luy répond, comme toy ie me meurs, ie me pâme.
Ainsi dans les rauissemens
Moururent ces heureux Amans,
Mais d'vne mort si douce & si digne d'enuie,
Que pour mourir encor, ils reprirent la vie.

SVR VNE BELLE Religieuſe.

MADRIGAL.

QV'on doit benir ce jour, où la bonté des Cieux
Pour iamais dans vn Cloiſtre a caché vos beaux yeux!
Car à voir cette grace à nulle autre ſeconde,
Ce feu dont vous brillez, ce teint, cet air ſi doux,
Si vous ne fuſſiez morte au Monde,
Tout le Monde, Caliſte, alloit mourir pour vous.

MADRIGAL.

IE vous le dis, au moins détournez vos beaux yeux,
Auecque ces regards ſi doux, ſi gracieux,
Quittez, quittez, Iris, cette douceur extréme;
Car ſi ie reuoy plus ces importuns appas,
Fâchez-vous, ne vous fâchez pas,
Ie meure, ſi ie ne vous aime.

MADRIGAL.

ALlons reuoir, mon cœur, l'objet de mon tourment,
Ses yeux d'vn ſeul regard peuuent en vn moment
Soulager l'ardeur qui me tuë;
Mais ie me flate en vain d'vn ſi charmant eſpoir,
Pour guerir ie cherche à la voir,
Et tout mon mal ne vient que de l'auoir trop veuë.

LA LEVRETTE au Levron.

IE suis vne Levrette vn peu âgée à la verité, mais auec autant de folie que Levrette que vous ayez iamais veuë: de sorte, Monsieur le Levron, que si vous voulez multiplier la Levretterie Françoise, vous prendrez s'il vous plaist la peine de venir jusques icy, où ie vous attens auec vne chaleur extrême; mais venez-y de bonne grace, & sans qu'il soit besoin de vous mener en leße.

REPONSE.

VOstre galanterie fut hyer si mal conduite, qu'il est aisé de voir que les Personnes qui s'en meslerent ne sont pas souuent employées à de semblables commerces. Vostre Laquais qui ne put s'expliquer, vous tenoit de si mauuaise grace, que mon Conseil ne vous iugea pas digne de moy: mais vn Billet qui me fut donné de vostre part en suite, me fit croire que si vous n'estiez pas extrémement belle, du moins vous auiez infiniment de l'esprit. Ie ne l'eus pas plutost leu, qu'il *me prit vne furieuse enuie de vous entretenir ; de sorte que si l'on ne vous eust emporté si viste, nous serions en bonne intelligence, & ie ne serois pas en peine de vous aller faire des excuses de cette apresdisnée. Cependant pour ne vous point surprendre, ie vous veux dire au vray ma naißance, mon humeur, & de quelle maniere ie suis fait, afin que vous me mandiez sincerement si ie vous suis propre, & si ie seray bien venu chez vous.*

Ie suis Fils du galant Gricour,
Et de l'amoureuse Melisse,
Qui tous deux moururent d'amour:
Feu mon Pere au noble seruice
De cent Levrettes de la Cour;
Ma Mere plus encline au vice,
Pour auoir aimé par caprice
Vn gros Mâtin de basse-court.

I'ay la taille souple & jolie,
Le poil d'vn Pere Iacobin,
C'est à dire comme vne Pie:
Ie saute mieux que Cardelin;
Quand i'aime, ie suis vn Lutin,
Ma foy ce n'est point raillerie;
Et pour vous dire tout enfin,
Ie vaux le Roy d'Ethiopie.

Sans me flater, voila mon Tableau que ie vous en-

noye : s'il vous plaist, il ne tiendra qu'à vous de vous seruir de l'Original.

A propos l'on m'a fait entendre
Que vous auiez de beaux Enfans,
Plus mignons que vous, & moins grands:
N'auriez-vous point besoin d'vn Gendre?

Comme vous estes vn peu âgée, ie pense qu'il vaudroit bien autant multiplier auec eux qu'auec vous; mais que cela ne vous alarme point.

I'entens que vous seriez la premiere seruie,
Car auec le talent du Roy d'Ethiopie
L'on pourroit plaire à plus de trois;
Et dans vne mesme Famille,
Tel Galant a plus d'vne fois
Cajolé la Mere & la Fille.

Lequel est plus à craindre à vn Amant, ou la perte de sa vie, ou celle de sa Maistresse.

CE n'est pas la premiere fois que l'on a veu des Hommes en danger de perdre la vie pour les Dames ; c'est vn Sexe qui par nostre complaisance exerce vne si grande tyrannie, qu'il semble auoir droict de vie & de mort sur les Hommes, comme autrefois les Maistres l'auoient sur leurs Esclaues. Nous voyons icy vn Amant reduit à cette dure necessité, de souffrir qu'vn autre possede sa Maistresse, qu'il recherche legitimement, & pour qui il a vne veritable passion. Il y en aura sans doute beaucoup, qui dans vne si fâcheuse conjoncture, opineront à la mort, & qui diront qu'elle luy doit estre moins sensible, que le déplaisir de voir sa Maistresse entre les bras de son Riual : Ils luy representeront que la perte de la vie n'est pas si considerable que la perte d'vn objet que l'on aime, puis qu'on l'expose tous les jours pour conseruer les choses qui nous sont les plus cheres ; & qu'il est d'vn veritable Amant, de n'abandonner iamais à vne autre la possession de ses amours.

Pour moy qui n'aime point le sang, ie ne puis souffrir que l'on condamne cet Amant à la mort, & i'aimerois mieux n'auoir iamais sceu écrire, que de signer vne si cruelle Sentence, pour me seruir des paroles de cet Empereur, qui dans les premieres années de son regne, comme on luy apportoit vne Sentence de mort à signer, dit tout haut, Ie voudrois bien n'auoir iamais appris à écrire; témoignant l'inclination qu'il auoit pour lors à la douceur & à l'humanité.

Mais dans cette occasion où l'on met en balance la vie auec vne Maistresse, quelque respect que l'on doiue à ce Sexe, il me pardonnera bien, si ie dis que la premiere doit estre plus considerable que l'autre, & que sans luy faire tort, vn Amant doit estimer la perte de sa vie plus sensible. La vie est vne Maistresse que la Nature nous a donnée, & qui a autant de Riuaux, qu'il y en a qui la possedent; c'est vne liqueur infusée du Ciel, que nous portons dans des vases fragiles, & dont la conseruation nous est d'autant plus chere : elle est bien plus douce qu'vne Maistresse, puis qu'elle nous accompagne toûjours tant que nous viuons : c'est celle qui accompagne nos plaisirs, & les assaisonne, & qui malgré la mort, nous donne souuent l'immortalité, par les belles actions que nous faisons auec elle.

La vie est le principe de tous les biens, & souuent vne Maistresse est la source de nos déplaisirs. Vn Amant, par le moyen de la vie, gouste le plaisir qu'il y a à aimer; c'est par elle qu'il trouue des charmes dans l'objet de son amour; c'est le fondement qui soûtient sa passion, & qui l'appuye; & s'il estoit vne fois renuersé, il perdroit tous ces auantages: Si bien que ce raisonnement est tres-veritable, que cette perte nous doit estre plus sensible, qui nous priue de plus grands biens ; & comme la perte de la vie rauit à l'Amant tout ce qu'il peut esperer de doux & d'agreable, elle luy doit estre sans doute plus fascheuse que la perte d'vne Maistresse, qui ne le priue que de quelque legere satisfaction.

Il est de l'interest de son amour, il est de l'interest de sa Maistresse, de craindre plus la perte de sa vie; car en mourant il étouffe ce beau feu qui bruloit dans son cœur ; toute sa tendresse perit, tous ses sentimens s'éuanoüissent ; la mort qui est comme vn glaçon, refroidit, ou plutost éteint toute la passion qui l'animoit, au lieu que par la vie il peut conseruer la mesme passion, & la rendre plus heroïque, en aimant sans esperance ; & quoy qu'il voye sa Maistresse entre les bras de son Riual, il doit conseruer pour elle le mesme amour qu'il auoit auparauant ; car ie supose que c'est vn Amant veritable, & qui ne s'est pas laissé rauir sa Maistresse par sa faute, ou par sa mauuaise conduite ; ie veux que le Destin l'ait ordonné de la sorte, & que la Nature ou la Fortune ne luy ayant pas donné les mesmes auantages qu'à son Riual, il en puisse accuser l'vne ou l'autre, & ne se rien reprocher à soy-mesme.

Dans cet estat il doit bien plus estimer la vie, que la possession de sa Maistresse, puis que la perte de l'vne luy rauit l'amour, qui est la seconde vie, & que la perte de l'autre ne luy sçauroit oster l'auantage d'aimer toûjours, & de faire paroistre sa constance: s'il ne possede pas sa Maistresse, il se console en l'aimant, son amour adoucit la playe qu'il a receuë, & il n'aime la vie qu'à cause de son amour : s'il mouroit, il perdroit & ſon amour & ſa Maiſtreſſe ; la perte de ſa vie ſeroit ſuiuie de deux pertes tres-ſenſibles ; & en viuant, il perd ſa Maiſtreſſe, c'eſt à dire l'objet de ſes feux legitimes & de ſa tendreſſe, mais il conſerue auſſi ſon amour : ſi bien que ce malheureux Amant ne doit rien tant craindre que la perte de ſa vie.

Et par vne ſuite de cette raiſon, ſa Maiſtreſſe meſme doit ſouhaiter que cet Amant eſtime la perte de ſa vie tres-ſenſible, parce que la mort luy oſteroit vn de ſes Sujets, ou plutoſt vn de ſes adorateurs; ſon Empire, par la perte de cet Amant, ſe diminuë; & ſon pouuoir n'a pas tant d'étenduë qu'il auoit auparauant : il eſt bien plus glorieux à cette Maiſtreſſe de ſe voir aimée, & par celuy qui la poſſede, & par celuy qui a perdu l'eſperance de la poſſeder, que ſi elle eſtoit ſeulement aimée par celuy qui a eſté heureux en la poſſedant.

Ce ſentiment eſt ſi délicat en matiere d'amour, que ie n'ay pas beſoin d'amener à mon ſecours l'authorité du Philoſophe qui doit faire auoüer que la perte de la vie eſt plus à craindre à vn Amant, que la perte de ſa Maiſtreſſe, parce qu'il aſſeure que la mort eſt la plus terrible de toutes les choſes, & que ce qui eſt le plus terrible, eſt le plus à craindre à vn Eſprit raiſonnable.

Il eſt vray qu'en mourant il donneroit vne illuſtre marque de ſon amour & de ſa douleur, ne pouuant ſouffrir que ſa Maiſtreſſe luy ſoit rauie ; mais auſſi en conſeruant la vie, il meurt mille fois de déplaiſir d'auoir perdu ce cher objet, il luy fait vn ſacrifice continuel de toutes les peines & de toutes les langueurs : par la mort il endure vn martyre paſſager, qui le deliure de mille inquietudes ; & par la vie il souffre vn perpetuel martyre qui l'engage tous les jours dans de nouuelles souffrances. Pourquoy donc ne craindroit-il pas la perte de la vie qui luy osteroit l'occasion de souffrir pour sa Maistresse, & de luy donner par tant de peines les plus veritables marques de son amour, qui ne se reconnoit iamais mieux que dans la souffrance?

Et pour finir, il doit estimer chere la vie pour l'employer au seruice de sa Maistresse ; il en doit croire la perte fâcheuse, puis qu'elle luy enleue les occasions de luy faire voir que sa fidelité est sans exemple, & que s'il n'a pas esté assez heureux pour la posseder, du moins il a merité de l'estre quand il ne trouueroit dans la vie d'autre auantage que celuy de l'aimer, & de l'aimer sans esperance ; c'est assez pour luy en deuoir faire craindre la perte plus que celle de toutes les choses du monde les plus cheres.

AMARILLIS REVEUSE.

STANCES.

SOmbre & noire Foreſt, heureuſe Solitude,
Veritable ſejour du calme & du repos,
Vous flatez ſi bien à propos
Mon amoureuſe inquietude,
Que c'eſt auec plaiſir que ie viens vous reuoir,
Pour adoucir mon deſeſpoir.

Que le Ciel me feroit vne faueur extréme,
Et que ie receurois de joye & de plaiſir,
S'il vouloit ſeconder mes vœux & mon deſir!
Me laiſſant viure pour moy-méme;
Ie ne changerois pas les ombres de ce Bois;
Pour ces champs que la Fable a chanté mille fois.

A juger ſainement, tous les biens de ce Monde
Ne ſont que de nos maux vne ſource féconde;

Le plus riche est plus indigent;
Et par vn malheur sans remede,
Lors qu'il croit posseder son or, & son argent,
Il en est possedé plus qu'il ne le possede.
Malgré son faux éclat, & sa legereté,
On aime la Fortune, on aime ses caresses:
Mais à parler auec sincerité,
Ce sont de beaux liens de nostre liberté,
Et non pas des richesses.

A quoy sert la beauté, la jeunesse, & l'honneur,
Le sang illustre, & la grandeur?
On a beau posseder mille & mille heritages,
Auoir des Parcs & des Chasteaux,
Nourrir mille & mille troupeaux
Dans de gras pasturages;
Ce n'est que fumée & que vent,
Si parmy tous ces biens le cœur n'est pas content.

Que cette Bergere est heureuse!
Qui n'estant point ambitieuse,
Et riche d'elle-mesme, & non pas de dehors,
A peine couure son beau corps
D'vne jupe qui n'est ny riche, ny pompeuse,

Mais de qui la blancheur, jointe à la propreté,
Fait tout le prix & toute la beauté.

Sans douleur & sans esperance,
Elle n'a rien ; mais elle ne sent pas
Les déplaisirs que font naistre icy bas,
Et la misere, & l'abondance:
Son cœur n'a point d'ambition;
Ce desir d'amasser, que l'auarice enfante,
N'a iamais fait sur elle aucune impression,
Rien ne la trouble, & rien ne la tourmente;
Elle est pauure, il est vray, mais son ame est cōtente.

Auec ce qui croist dans les champs,
Elle cultiue les presens
Qu'elle a receus de la Nature,
Elle en écoute les auis,
Et se seruant du lait de ses tendres Brebis,
En conserue son teint, & prend sa nourriture.
Pour ses naturelles douceurs,
Qui seroient à la Cour des graces nompareilles,
Et qui gagneroient mille cœurs,
Elle les entretient du miel de ses Abeilles.

Enfin dans vn secret Canal,
Le pur & liquide cristal

D'vne douce & claire Fontaine,
Luy sert de conseiller, de fard, & de miroir;
Elle s'y baigne & s'y fait voir,
Sans confusion & sans peine;
Et pour lors son esprit est si fort satisfait,
Qu'elle croit aisément que tout le monde l'est.

C'est en vain que le Ciel fait gronder le Tonnerre,
Qu'il s'arme de couroux, & que d'épois broüillards
Dérobent à la terre
Et sa lumiere, & ses regards;
Qui ne possede rien, n'a rien qui le tourmente;
Elle est pauure, il est vray, mais son ame est cõtente.

Vn seul soucy luy tient au cœur,
Mais qui ne luy fait point de peine,
C'est que son cher Troupeau paisse dedans la Plaine,
Et qu'il conserue sa vigueur.
Cependant l'Amour qui l'inspire,
Remplissant ses yeux amoureux
De mille & mille nouueaux feux,
Elle nourrit l'ardeur du Berger qui soûpire,
De cet heureux Berger dont l'Amour a fait choix,
Et qu'elle n'a receu ny du Sort, ny des Loix.

A l'ombre d'vne pallissade,
Que des Myrthes touffus couurent de toutes parts,
Elle enuoye & reçoit mille amoureux regards
Du Berger qui luy rend œillade pour œillade:
Elle ne ressent point d'ardeur,
Que sans rougir & sans contrainte
Elle n'en découure l'atteinte
A cet heureux Amant qui cause sa langueur:
Mais elle ne sent rien aussi dedans le cœur,
Que cet heureux Amant à son tour ne ressente;
Elle est pauure, il est vray, mais son ame est cõtente.

O que cette vie a d'apas!
Qu'elle est pleine de charmes!
Ses douceurs ne permettent pas
Qu'on pousse des soûpirs, ny qu'on verse des larmes,
Qu'auant que de mourir on endure la mort,
Et la mort la plus rigoureuse:
Ah! pourquoy ne puis-je changer mon triste sort,
Auec le doux repos de cette vie heureuse?

POVR LA BEAVTE' malheureuse,

Contre la Laideur fortunée.

I'Auouë que dans le Siecle où nous sommes, on embrassera bien plutost le parti d'vne riche Laide, que celuy d'vne belle Gueuse : mais comme la corruption est grande, & qu'on n'estime pas les choses par elles-mesmes, ie me declare d'abord pour la Beauté mal-traitée de la Fortune, & ne puis souffrir que la Laideur luy vienne disputer l'auantage par ses richesses.

Toutes deux ont de l'éclat & des adorateurs; mais l'vne a vn éclat naturel, & l'autre a vn éclat emprunté, & des adorateurs mercenaires : L'vne éblouït, en se faisant voir par des rayons qui luy sont propres, & nez auec elle ; l'autre attire par des choses qui ne sont point à elle, & qui l'abandonnent tous les jours pour passer en d'autres mains.

Les Richesses ne sont pas faites pour ceux qui les possedent, elles ne sont auantageuses que pour l'vsage que nous en faisons, & cet vsage les consume; & si nous voulons nous en seruir, il faut que nous en souffrions la perte, il faut qu'elles nous quittent, & qu'elles se separent de nous : Mais la Beauté est vn bien si parfait, que sans quitter la personne qui la possede, elle remplit de plaisir ceux qui ne la possedent pas, & charme également celle qui en est pourueuë, & ceux qui le regardent ; elle fait sa propre joye, & le plaisir des autres ; elle se contente elle-mesme, & plaist à tout le monde, par cet auantage que cette naissance luy donne.

La Beauté est vn present du Ciel, & les Richesses sont des presens de la Fortune ; l'vne tient la noblesse de son origine qui est toute celeste ; & les autres sans doute ont part à tous les defauts d'vne aueugle Diuinité, qui en est la maistresse : Elles sont renfermées dans les Enfers comme des coupables de tous les crimes qui se commettent ; & nous sçauons que Pluton, qui est le Dieu des Enfers, est à mesme temps le Dieu des Richesses : mais la Beauté est souueraine & dans le Ciel & dans le Monde ; elle vient d'vn lieu remply de lumiere ; & la source dont elle découle, n'est autre que la supréme Beauté que nous adorons : si bien que comme les choses celestes surpassent infiniment les choses d'icy bas, il faut dire que la Beauté est preferable aux Richesses qui nous viennent du fonds des abysmes ; & qu'vne personne qui en a esté auantagée, toute dépoüillée qu'elle est des biens de la Fortune, se doit estimer infiniment plus glorieuse qu'vne Laide, qui n'a receu que les Richesses en partage.

Ie veux que cette Riche soit dans vne extréme laideur, comme vous voulez que cette Belle soit dans vne extréme pauureté. Il faut voir maintenant quels sentimens elles produiront dans les ames : il est certain que la Belle excitera la compassion & l'amour ; la compassion, parce qu'elle est mal-traitée, & qu'il semble que les Richesses luy doiuent appartenir plutost qu'à celle qui est laide ; & l'amour, parce qu'elle est belle, & que c'est le propre de la Beauté de faire naistre cette passion ; il est certain aussi que la Laide excitera par ses Richesses l'enuie & la colere ; l'enuie, parce que par vn déreglement du siecle, on suporte plus aisément de n'auoir point de Beauté que n'auoir point de bien, & qu'on a cette fausse croyance que les Richesses peuuent nous rendre heureux : elle attire la colere, parce que c'est injustement que la Laideur se voit enrichie, & la Beauté miserable ; selon l'ordre des choses, ce qui est le plus parfait, deuroit estre le moins exposé aux injures & à la necessité : Et comme la Belle est sans doute plus parfaite que la Laide, elle deuroit aussi posseder ce que le hazard a donné à celuy-cy : La Belle merite les Richesses qu'elle n'a pas, & la Laide les possede indignement. Or il n'est personne qui n'aime mieux vn merite dépoüillé qu'vne possession indigne ; estre malheureux auec des bõnes qualitez, que d'estre heureux auec des mauuaises : Et si la Laide apres cela se glorifie de ses Richesses, on peut luy dire qu'elle ne les a que parce que la Fortune est injuste.

N'est-ce pas vne chose bien glorieuse à vne belle Personne qui est dans vne extrême disette, d'attirer dans cet estat l'admiration & les hommages de tous ceux qui ont des yeux, & de faire des Esclaues & des Captifs, sans or & sans argent, sans armes, & sans machines ? il est vray que la Laide peut faire des Esclaues par ses caresses, mais ce sont les plus vils Esclaues du monde, sans cœur & sans generosité. Si l'on rend des respects à la riche Laide, tout le monde juge bien que ce n'est pas sa personne, mais ses richesses que l'on caresse ; on la separe de son or, & en mesme temps on a de l'horreur de la voir, & de l'amour pour ſes richeſſes : On ne luy donne ny les yeux, ny le cœur ; la laideur choque la veuë, & le cœur va droit à ſon treſor ſans s'arreſter à elle.

La Belle ſe fait eſtimer par elle-meſme ; & comme ſa beauté ne ſe peut ſeparer de ſa perſonne, on ne peut aimer l'vne, qu'on n'aime l'autre ; & tous les reſpects qu'on luy rend, s'adreſſent à elle ſans regarder d'vn autre coſté. Si l'on n'eſpere rien de la riche Laide, on la mépriſe ; & ſi l'on en eſpére quelque choſe, on ne luy rend que des deuoirs interreſſez : cela luy eſt plus auantageux qu'à la Belle, qui fait que l'on en eſpere quelque choſe, ou que l'on n'en eſpere rien ; & c'eſt toûjours l'objet de nos admirations, & le ſujet de nos loüanges.

Penſez-vous que la Laide ſoit ſatisfaite dans ſes richeſſes ? Son Miroir dit qu'elle eſt vn Monſtre de la Nature ; & comme il n'eſt rien qui pique tant l'eſprit des Femmes, que le deſir de la Beauté, elle eſt ſans doute atteinte de mille déplaiſirs de s'en voir priuée. Ses richeſſes ne l'empeſchent point de ſoûpirer apres vn bien qu'elle n'a pas ; & lors qu'elle fait des heureux, elle eſt meſme malheureuſe : au lieu que la Belle joüit du plus grand bien que les Femmes puiſſent ſouhaiter, elle a le propre caractere, la marque, & le treſor de ſon Sexe.

Qui eſt-ce qui eſtimera dauantage vn peu de boüe enchaſſée dans de l'or, qu'vne pierre de grand prix enchaſſée dans du bois ? La Beauté eſt cette pierre de grand prix, elle eſt comme enchaſſée dans du bois, parce qu'elle eſt miſerable ; & la Laide eſt comme de la boüe miſe dans de l'or, parce qu'elle poſſede des richeſſes. Cette Laide qui eſt le ſuplice des yeux, paroiſt encore plus monſtrueuſe parmy l'éclat de ses biens ; & cette Belle paroist encor plus admirable dans la misere & dans la pauureté.

Mais parce que c'est vn sentiment trop délicat pour le vulgaire, qui court aux richesses plutost qu'à la beauté, il faut luy presenter vn appas qui me semble assez raisonnable pour le porter à juger en faueur de la Beauté ; car n'est-il pas vray que la Belle peut deuenir riche, sans autre secours que celuy de sa beauté ? On en voit assez d'exemples dans les Histoires ; & nous apprenons qu'il y a eu des Femmes, que des Princes charmez de leur beauté ont renduës riches : Mais la Laide ne peut iamais deuenir belle auec toutes ses richesses, elle s'épuiseroit plutost, & deuiendroit enfin miserable, auant que d'acquerir vn peu de grace.

LE PRINTEMPS.

STANCES.

PRintemps, jeunesse de l'Année,
Mere des Fleurs & de l'Amour,
Tu reuiens; mais à ce beau jour,
L'heure à mes plaisirs destinée
N'est point auec toy de retour.

Tu reuiens, tu reuiens; mais ta beauté passée,
Qu'aujourd'huy tu fais reuenir,
N'apporte à ma triste pensée,
Que de mon bien perdu le cruel souuenir.

Tu parois toûjours agreable,
Et l'on te void sans cesse à toy-mesme semblable:
Mais las! de mon amour il n'en est pas ainsy;
Car Iris qui me fut autrefois fauorable,
Fait à present ma peine & mon soucy.

O douceur d'amour trop amere!
Si c'est vn sort dur & contraire,
De ne gouster iamais tes plaisirs attendus,
Combien est-il encore plus seuere,
Quand on les a goustez, de ne te gouster plus?

Qu'il seroit doux d'aimer, si nos ames blessées
Pouuoient toûjours d'Amour posseder les douceurs!
Ou quand ce beau feu n'est plus dedans nos ames,
Ou ce feu sacré n'estant plus dans nos cœurs,
Il ne rentroit aussi iamais,
Ne deuoit plus aussi rentrer dans nos pensées.

MADRIGAL ENVOYÉ à vne Femme.

QVand auec vous, Iris, i'eus passé mon enuie,
Et contenté le feu de nos boüillans desirs,
Que trois fois dãs mes bras par d'amoureux plaisirs
Ie vous eus veuë éuanoüye,
Vous me dites d'vn ton fort doux,
Que vous vouliez que ie pensasse à vous,
Et que pour m'y forcer vous cherchiez à me plaire,
Iris, ie le dis entre nous,
Ce soin pour reüssir n'est pas fort necessaire;
Car si i'ay besoin pour trois coups
D'vn Chirurgien, & d'vn Apoticaire,
N'est-ce pas trop, Iris, pour bien penser à vous?

D. H.

L'ENNEMY du Mariage.

IE ne sçaurois me persuader, belle Angelique, que vous pensiez au Mariage; cette nouuelle me donne déja de l'inquietude pour vous, & peut-estre que vous n'en estes pas alarmée; vous courez à vostre tombeau auec pompe; & si l'on vous couronne de fleurs, c'est comme vne Victime qu'on doit bientost immoler à la plus cruelle Diuinité qui fut iamais. Arrestez, ie vous prie, vostre malheur, si vous le pouuez encore, & suspendez vostre seruitude pour écouter les pensées d'vn Esprit des-interessé qui est sensiblement touché de vostre auanture, & qui voudroit détourner cette malheureuse influence qui va se répandre sur ce moment fatal où vostre liberté doit périr.

Vous ne sçauriez conseruer ce beau nom d'Angelique, dans l'estat où vous allez entrer; car les Anges ne se marient pas, & soit qu'ils soient femelles, ou soit qu'ils soient masles, ils sont ennemis de toute sorte d'engagement. Vous allez vous dépouiller de tout ce que vous auez d'Angelique; & à quel titre esperez-vous encore ce beau Nom? Peut-estre vostre Esprit, qui est tout celeste, vous en assurera la possession; mais ses plus douces lumieres seront étouffées par les soins ineuitables d'vne famille: vous allez perdre ce bel enjouëment, cet air galant,

& ce tour admirable qui charmoit justement tout le monde : Les petits amusemens, les plaisantes imaginations, & toutes les jolies bagatelles de galanterie, sont des traits d'esprit que tout le monde admire dans vne Fille & dans vne Femme, ce sont des tours de coquetterie qu'vn Mary ne peut souffrir : Que vous sert-il d'auoir cultiué vostre Esprit par la lecture des beaux Liures, & par la conuersation de tout ce qu'il y a d'honnestes gens ? Si vous allez perdre ces belles idées & ces agreables impressions par vne foule de soucis qui succederont aux douces pensées qui vous occupoient auparauant auec tant de plaisir, vous ne penserez plus qu'à la ménagerie, on ne vous entendra plus parler que de vos enfans. Quelle nouueauté, bon Dieu, & quel changement ? vous y pourrez-vous bien resoudre, & ne souhaiteriez-vous pas ces agreables momens qui s'écoulent dans vne conuersation qui nous plaist, ou dans vne conference de galanterie.

Mais si vous pretendez au nom d'Angelique, à cause de vostre beauté, ignorez-vous que le Mariage est son plus dangerux écueil ? C'est vn torrent qui arrache cette fleur, c'est vn rebelle qui choque cette souueraineté legitime, c'est vn Monstre qui déchire ces Lettres de faueur que Nature vous a données. Auez-vous iamais pris garde à ces glaces pures & nettes que l'on ternit par vn souffle ? Le Mariage pousse son halaine & son souffle contre la beauté la plus fine, & la couure de nuages ; Il ameine apres luy les rides, la maigreur, & la tristesse, & cache ces cruelles ennemies sous vne belle apparence d'vnion & de societé : Il est comme vn vent de Midy chaud & brulant, qui a desseché vne belle Rose que la fraischeur du matin faisoit paroistre dans son lustre: de mesme que la jeunesse des Filles donne de l'éclat à leur beauté, cette Rose auoit le teint frais auant que l'ardeur du Soleil l'eust fletrie : aussi la beauté que l'on peut justement comparer à vne belle fleur, puisqu'il n'est rien de si délicat & de si fragile, conserue son embonpoint & ses charmes jusques au temps du Mariage, qui comme vn Soleil ardent la ternit & la fait déchoir de son premier estat.

Il est vray que comme le Soleil est fecond, le Mariage l'est aussi ; mais certes l'on peut bien dire que comme le Soleil fait mourir toutes les fleurs qu'il a fait naistre, le Mariage exerce sur la Beauté la mesme tyrannie; le Soleil fait épanoüir toutes les fleurs, elles le reçoiuent auec plaisir dans leur sein ; & c'est peut-estre pour cette raison que leur beauté n'est pas de durée, parce qu'elles caressent vn ennemy qui se cache sous le beau nom de Pere. Voila le sort pitoyable de celles qui pensent au Mariage ; elles le reçoiuent d'abord auec joye, & cette joye est suiuie d'épanoüissement & de dilation : d'où vient indispensablement la ruine de la Beauté, parce que les belles choses ne se conseruent que par vne étroite alliance qu'elles ont ensemble.

La ruine de la santé est bientost suiuie de celle de la Beauté dans le Mariage : la fatigue des couches, les douleurs qui les accompagnent, luy font des breches irréparables, & laissent des semences de maladies qui corrompent le temperament, qui ruinent l'embonpoint, qui mettent les desordres parmy les humeurs, qui changent le visage, qui ternissent toute la délicatesse du teint ; & ce sont les fruits malheureux du Mariage.

Il ne faut pas non plus s'imaginer que l'on y gouste des plaisirs, ou qu'il soit la source de mille delices, qu'apparamment on y croit trouuer: Lors que les Filles se mariënt, elles sortent, pour ainsi dire, d'vne eau douce, où elles prennent agreablement le Bain, pour se jetter dans vne Mer orageuse, où l'on ne trouue ny port, ny tranquillité. Il est vray qu'au commencement ce ne sont que Roses & que fleurs; mais il est si cruel, qu'il fait mourir dans peu de temps ces Roses & ces fleurs.

Ceux qui nous dépeignent l'Hymen, nous le representent bien comme vn jeune Garçon qui a les cheueux blonds, le teint délicat, la bouche vermeille, & le soûrire agreable: mais outre que ce sont de belles resveries pour abuser les Esprits credules, ils ne nous dépeignent le Mariage que dans sa naissance, ou dans son bel âge, ou peut-estre il y a quelque sorte de plaisir, mais si vain & si peu veritable, qu'on ne le gouste presque point; car ils nous eussent representé le Mariage apres son enfance, ils nous l'auroient assurément dépeint comme vn Vieillard caduque, chargé de cheueux gris & de rides, les yeux enfoncez dans la teste, & remplis d'obscurité & de tenebres.

Que dirons-nous de la Ialousie, qui trouble ordinairement le repos conjugal? Qui peut ignorer que c'est elle qui gaste souuent tous les plaisirs de ce commerce, & qui jette de l'amertume sur toutes les douceurs de la vie? Les Belles éprouuent la violence de cette passion, & c'est cette furieuse Diuinité à qui elles sont sacrifiées: quelque soin qu'elles prennent à se garantir de ses atteintes, elles ne laissent pas d'en estre cruellement persecutées. On dit, communément que c'eſt vne production de l'Amour; mais ie ne ſçaurois m'imaginer que ce qui choque ouuertement ſa joye, & qui trouble tous ſes plaiſirs, en ſoit vn effet veritable, & que ce ruiſſeau empeſté ſorte d'vne ſource ſi pure & ſi bienfaiſante. Croyons plus vray-ſemblablement que c'eſt vn fruit du Mariage, dont l'Amour dégenere ſouuent en fureur, & prenant vne autre nature, ſe change en vn Monſtre cruel & impitoyable, qui déchire ce qu'il deuroit careſſer, & tyranniſe ce qui deuroit eſtre le ſujet de ſes delices.

Ajoûtez à tout cela les incommoditez de la groſſeſſe, les dégouſts & les fantaiſies, les douleurs de l'enfantement qui jettent les meres dans le danger de perdre la vie, & de ſuccomber ſous le faìs importun qu'elles portent, & dont elles veulent ſe décharger par des efforts ſi violens, qu'ils ruinent leur ſanté s'ils ne leur oſtent pas toute la vie. Quelle apparence donc y a-t'il, de trouuer les plaiſirs parmy les épines, & de puiſer quelque douceur dans la ſource du trouble & des ſoucis?

Mais ce qui doit faire trembler les Dames, c'eſt la perte de la liberté qu'elles font dans le Mariage: comme elles ſont naturellement portées à commander, & impatientes de toute ſorte de joug & de ſeruitude, elles doiuent conſiderer qu'elles s'engagent à eſtre eſclaues toute leur vie; elles n'ignorent pas que la Nature leur a donné vn empire ſur noſtre Sexe, & qu'eſtant la plus belle moitié du monde, elles commandent à l'autre qui n'a pas receu cet auantage: Leur beauté eſt comme vn Royaume qui ſe defend de luy-meſme, ſans armes & ſans ſoldats; mais par le Mariage elles renoncent au droict qu'elles ont de commander; elles mettent aux pieds d'vn Mary leur Couronne & leur Empire ; elles se dépoüillent de cette Souueraineté legitime, & s'y engagent aueuglement dans cette cruelle seruitude: elles qui n'auoient auparauant accoustumé que de voir des Esclaues qui baisoient leurs chaînes, & qui estoient satisfaits de leur prison, éprouuent vn sort bien diferent, lors qu'elles sont contraintes de faire des vœux pour rompre leurs propres chaînes & leur prison : elles qui auoient accoustumé d'imposer des Loix, & d'attirer mille Amans aupres d'elles, se voyent enfin obligez de receuoir les ordres d'vn autre, de subir vn joug insuportable, & de gemir sous les fers d'vn esclauage rigoureux, pour vous montrer combien il est veritable ce que le Poëte tragique de nostre Siecle a dit excellemment.

Tant qu'ils ne sont qu' Amans, nous sommes Souueraines,
Et jusqu'à la conqueste, ils nous traitent en Reynes;
Mais apres l'Hymenée, ils sont Roys à leur tour.

Encore seroit-il suportable, s'ils se contentoient d'estre Roys, & s'ils ne s'érigeoient point en Tyrans : mais s'il s'en trouue qui partagent cet empire auec cette chere partie d'eux-mesmes auec laquelle ils font vn tout agreable, combien en voyons nous qui sont si peu raisonnables, qu'ils abusent de leur authorité, & traitent auec peu de respect ce qu'ils n'ont receu du Ciel & de la Nature, que comme vn doux soulagement aux déplaisirs de la vie?

Sans doute que les Personnes de condition n'vsent pas de mauuais traitement enuers leurs Femmes ; & que la ciuilité, la bienseance, & leur honpeur leur inspirent des plus douces pensées. Il y a pourtant bien de la diference entre le temps qui deuance le Mariage, & celuy qui le suit : Le premier est vn temps de Respect, d'Amour, & de Soumission: Le second est vn temps où le Respect se change en liberté ; où l'Amour, d'esclaue qu'il estoit, deuient Maistre ; & où la Soumission n'a plus de lieu: si bien que les Dames ne receuant plus les mesmes adorations, le mesme respect, & le mesme honneur qu'elles auoient accoustumé de receuoir lors qu'elles estoient Maistresses de ceux qui les possedent, on peut dire auec raison que c'est vne espece de mauuais traitement que le Mariage leur procure.

Que si, belle Angelique, le Mariage étouffe le bel Esprit, s'il ruine la santé, & s'il est ennemy du plus doux bien que nous ayons au monde, qui est la liberté, n'ay-je pas sujet d'estre ennemy du Mariage, & ne deuez-vous pas vous-mesme rejetter vn lien qui vous rend Esclaue, qui vous rauit la beauté, & qui trouble vos plus agreables plaisirs?

MADRIGAL.

QVoy que vous disiez chaque jour,
Philis, qu'aux douceurs de l'Amour
Vostre cœur est rude & seuere,
Ie croy que Dorilas a le bien de vous plaire,
Car vos soins, pour le fuir, ne sont plus empressez;
Souuent prés de vous il soûpire,
Il vous dit ce qu'il desire,
Vous l'écoutez, & c'est assez.

D. H.

MADRIGAL.

VN jour Pierre vantoit à George son Compere,
Les grands biens qu'il auoit heritez d'vn sien
Frere,
Ce que George desesperoit;
Et moy, répondit-il, si le Diable mouroit,
Ie n'heriterois pas de l'vne de ses cornes:
Lors sa Femme luy dit, tes beaux jours sont passez,
A ton ambition tu dois mettre des bornes;
Que t'importe, mon Fils, n'en as-tu pas assez?

D. H.

LE SONGE,
à Climene.

DAns le temps qui diuise la nuit d'auec le jour, & auquel les foibles rayons de l'Aurore commençans à percer les voiles épais des tenebres, laissent à peine discerner à l'œil si cet interuale est du iour ou de la nuit, i'ay fait vn Songe que ie veux vous raconter, puis qu'il vous concerne entierement, & qu'il doit estre veritable ; puis qu'il a esté fait dans le temps auquel ils se font ordinairement, & où l'Esprit agit auec plus de liberté.

Ie me suis donc imaginé d'estre transporté dans le lieu le plus agreable qui se soit iamais offert à ma veuë : c'estoit vne Prairie tapissée d'autant de fleurs que la terre en ait iamais produit, & qui ne satisfaisoient pas seulement la veuë par l'agreable varieté de leurs couleurs, mais qui rauissoient encor l'odorat par l'odeur la plus exquise dont il puisse estre touché.

Cette Prairie estoit bordée de deux larges Canaux remplis d'vne eau viue & pure, dont la surface representant aux yeux toutes les couleurs diferentes des fleurs, formoit vn objet tres-agreable : Ils estoient accompagnez de deux allées d'Arbres fort éleuez, & dont les branches portoient moins de feüilles que d'oyseaux, qui dans la varieté & la delicatesse de leurs chants, ne laissoient rien à desirer pour la satisfaction de l'oreille.

Ces petits Hoftes de Bois
Eclatoient tous à la fois,
Comme pour difputer du charme de leurs voix;
Et d'vne force fi pareille,
Tâchoient d'agréer à l'oreille,
Que ce fens confus & furpris
Ne pouuoit pas juger qui meritoit le prix.

Ie n'eus pas fait quelques pas dans cette delicieufe Prairie, que ie m'apperceus qu'elle eftoit terminée par l'objet du Monde le plus magnifique. C'eftoit vn Temple dont la ftructure marquoit l'antiquité, & qui n'eftoit pas moins remarquable, par la maße prodigieufe de fon édifice, que par le marbre & le jafpe qui en compofoient le corps, & l'or & l'azur dont il brilloit de tous coftez. Ce que i'envoyois me parut fi beau, que ie ne me pûs empefcher de fouhaiter d'en voir dauantage, & ie m'auançay tout le long d'vne Allée pour fatisfaire ma curiofité; mais à peine auois-je fait les premieres démarches, que ie fus arrefté par vn objet encor plus beau que tout ce que ie viens de vous reprefenter.

L'éclat des plus viues couleurs,
L'émail de tant de belles Fleurs,
Le Printemps eternel de ces vertes Prairies,
Tout le brillant de l'Or, celuy des Pierreries,
La douceur des Parfums, le Concert des Oyfeaux,

BIBLIOTHEQUE ROYALE I

Toute la pureté des eaux,
Toute la fraischeur de l'ombrage;
Enfin tous les objets que l'on voit en ces lieux,
Ne sont qu'vne imparfaite image
De ce qui s'offrit à mes yeux.

Ie croy qu'apres cela vous ne deuez pas douter que ce ne fut vous que ie rencontray dans ce lieu, encor que vous ne vous imaginiez peut-estre pas d'y estre. En effet, belle Climene, ce fut vous que ie vis dans ce moment, & qui vous presentâtes à mes yeux telle que vous estes ordinairement, c'est à dire la Personne du Monde la plus aimable. Vous estiez étenduë sur le gazon: & vos mains qui panchoient negligemment, s'auançoient jusque dedans l'eau: Vos yeux estoient fermez; & si le sommeil me déroboit l'auantage de les voir, en recompense il m'aidoit à pouuoir considerer dauantage toutes vos autres merueilles, qui sembloient ordinairement estre à couuert parmy les feux que vos yeux lancent quand ils sont ouuerts, & dont on a peine à suporter l'éclat.

Par vne si chere veuë, toute autre curiosité fut entierement éteinte dans mon esprit, & i'oubliay mon premier dessein, pour m'occuper tout entier à vous regarder. I'admirois la tranquillité auec laquelle vous dormiez, & ie m'étonnois comme le Ciel vous donnoit tant de repos, dans le moment que vous me l'ostiez entierement. Lors que cette reflexion fut troublée par vn accident qui m'osta tout le plaisir que i'auois à vous considerer; vn Serpent d'vne prodigieuse grandeur, dont les replis auoient esté cachez sous l'herbe jusques alors, élança tout d'vn coup sa teste, & auec vn siffle-

ment qui me glaça le sang dans les veines, s'approcha de vous pour vous empoisonner de son haleine, & vous lier des longs replis de sa queuë.

Dans cette surprise étonnante,
Pire pour moy que le trépas,
Ie voulus m'écrier d'vne voix éclatante,
Mais helas! ie ne le pûs pas.

La frayeur me rauit entierement l'vsage de la voix, & celuy du mouuement; & plus immobile que vous (qui dormiez toûjours auec autant d'asseurance que si vous n'eussiez pas esté en danger) ie fus reduit à vous considerer, sans pouuoir faire aucun pas pour vous secourir.

Déja le Serpent auoit commencé de vous lier, & il ne restoit plus que deux ou trois tours à faire, lors que i'entendis ouurir les portes de ce Temple dont ie vous ay parlé, auec vn bruit fort éclatant, & que i'en vis sortir vn Enfant tout rayonnant de gloire, & de la mesme figure auec laquelle on nous depeint l'Amour.

Le peu de distance qu'il y auoit, & le secours que luy donna la vitesse de ses aîles, fit qu'il arriua encor assez à temps, auant que le Serpent vous eut toute enuelopée. Ie voulois luy demander le secours que ie ne pouuois pas vous donner: mais à peine auois je formé cette pensée, que ie le vis prendre ce Serpent auec vne main, défaire les nœuds dont il vous serroit, & l'enchaisner auec vne petite chaisne d'or qu'il auoit apportée: Cela fait, il vous porta son flambeau deuant les yeux pour vous réueiller, & vous fit connoistre le danger duquel il vous auoit tirée. Au lieu de le re-

mercier comme vous deuiez, vous ne voulustes pas auoüer que vous luy estiez redeuable : mais luy pour vous punir de vostre ingratitude, déchaisna le Serpent qu'il tenoit d'vne main, & le laissa en liberté de vous attaquer auec toute sa furie.

Vous voulûtes d'abord prendre la fuite, mais elle vous fut fort inutile ; car le Serpent ayant déployé des aisles que ie n'auois pas remarquées jusques alors, il vous eust atteint dans vn moment ; & malgré vostre resistance, il commence de vous lier comme auparauant.

La necessité vous fit reconnoistre vostre faute, & il me sembla que vous commençâtes d'inuoquer à hauts cris l'assistance du Dieu que vous auiez auparauant méprisé : Luy qui a toute la douceur d'vn Enfant, & qui s'irritant facilement, s'appaise aussi de mesme par la soumission & le respect, ne vous entendit pas plutost, qu'il accourut à vostre secours, & vous déliura du Serpent, apres que vous luy eûtes promis que vous vous rangeriez sous son Empire, & que vous reconnoistriez sa puissance. Le Serpent s'en vint à moy ; mais au lieu de me lier comme vous, il se mit à me caresser. Comme ie m'en étonnois, tout cet enchantement disparut, & ie me trouuay resveillé & en estat de resver à vn Songe qui n'auroit pas esté tellement suiuy, s'il n'auoit eu quelque chose de mysterieux. Voicy ce que ie me suis imaginé qu'il pouuoit signifier.

Cette agreable Prairie qui s'est offerte à mes yeux, & qui m'a presenté tant de delices à la fois, me figure assez bien les plaisirs de l'Amour, auquel elle sembloit estre consacrée, puis qu'elle seruoit d'auenuë à son Temple.

Cet assoupissement dans lequel ie vous trouue, repre-

sente sans doute l'indiference dans laquelle vous viuez, & qui est une espece de lethargie qui vous met dans un estat fort dangereux.

Le Serpent qui veut vous attaquer & vous lier des plis de sa queuë, ne signifie autre chose que le Temps, qui nous a toûjours esté representé par la figure du Serpent. C'est un ennemy fort dangereux, & qui est d'autant plus à craindre, qu'il vous attaque dans le sommeil, & qu'il vous prend dans un temps auquel vous ne sçauriez vous defendre.

L'Amour qui vous déliure de ce danger, fait voir que c'est luy qui nous garantit veritablement des injures du temps, & qui nous le fait passer auec une douceur inconceuable.

L'injustice auec laquelle vous refusez de reconnoistre l'obligation que vous auez à l'Amour, qui vous a deliuré du Serpent, marque assez bien la repugnance que vous auez pour luy : mais aussi le chastiment qui suit de prés l'offense, fait voir que ce Dieu ne laisse rien d'impuny ; & ce Serpent qui déploye des aisles que l'on n'auoit pas apperceuës jusques alors fait voir que le temps vous poursuit auec une vitesse merueilleuse, encor qu'il semble estre fort paresseux sous la figure du Serpent, qui rampe fort lentement.

Iusque là mon explication se suit assez, & ie n'y trouue aucun defaut : mais ie ne sçay comment ie dois prendre la pensée que i'eus, que vous promettiez à l'Amour de reconnoistre son Empire, pourueu qu'il vous secourut dans ce danger. Ie crains fort que mon Songe ne soit pas veritable dans cette partie, & que vous n'ayez peu de dispositions à faire ce que ie m'imaginay que vous faisiez : Cependant i'ay crû deuoir vous en auertir, pour vous faire prendre garde à vous *mettre à couuert des injures du temps, par ce seul moyen que vous en auez ; car vous pouuez voir par l'accueil que le Serpent me fit, au lieu de me nuire, que le temps ne fait aucun mal à ceux qui sont autant amoureux que ie le suis, & que c'est le veritable Antidote contre son venin.*

Songez-y, Diuine Climene;
Et pour vous épargner la peine
De mille regrets superflus,
Employez bien le temps qui ne retourne plus:
Reconnoissez d'Amour la diuine puissance,
En vous rangeant dessous sa Loy;
Aimez auec ardeur, aimez auec constance,
Et s'il se peut, faites que ce soit moy.

PORTRAIT DE CLORIS.

MADEMOISELLE,
Vous alliez estre obeye à ma mode, & i'allois commencer vostre Portrait ; mais l'idée que i'en auois m'a representé tant de belles choses, que desesperant de les pouuoir exprimer,

Ma main a jetté le Pinceau;
Et surmonté par mon Ouurage,
I'ay perdu le courage
De pouuoir rien faire de beau:
En vain i'ay rappellé cent fois en ma memoire
Les traits de l'Esprit & du Corps,
Ie n'ay fait voir par ces efforts
Que ma honte, & que vostre gloire.

Permettez-moy donc de vous faire icy le Portrait d'vne Personne que vous souhaitez de connoistre, & dont on vous a parlé assez souuent ; ie reüssiray peut-

estre mieux à vous la representer, que ie ne ferois à vous dépeindre vous-mesme. Et puis que ma main est trop foible pour toucher des qualitez aussi belles que les vostres, essayons à representer une personne moins moins parfaite que vous.

Laissons-là le pinceau, reprenons le crayon,
Le Soleil ébloüit par sa grande lumiere,
Il faut abaisser la paupiere,
Et tracer seulement son ombre, ou son rayon.

La jeune Cloris est si parfaite, que toutes les Graces se sont assemblées pour la former: sa taille n'est ny grande ny petite; son action est libre & agissante; sa demarche n'a rien de precipité, mais elle n'a rien de lent, & se ressent plutost de l'impression de cet agreable feu qui l'anime; ses pieds sont admirablement bien tournez, & font mouuoir son Corps auec vne liberté & vne grace qu'on ne sçauroit exprimer; Elle a vn grand embonpoint qui luy sied bien, & qui ne l'incommode pas.

Mais son accueil est si charmant,
Si gay, si doux, si plein de grace,
Qu'il se fait dans le Cœur vne sensible trace,
Et le gagne dans vn moment:
Son abord est riant, elle a l'air agreable;
Aise, commode, & caressant:
Si bien que tout d'vn coup, l'on voit & l'on ressent
Tout ce qu'elle a de plus aimable.

C'est la belle perspectiue qui se presente aux yeux, mais ce n'est pas vne illusion qui trompe, elle a en elle la source de toutes ces belles choses ; car à la considerer de pres, c'est vne admirable Brune qui a les yeux beaux, le nez assez grand, le visage rond, la bouche petite, & les levres toûjours fraisches & vermeilles.

Le tour de son visage est juste,
Le front serain, la gorge auguste,
Par deux Globes formez de Lys:
Et si l'on obtenoit d'vn Amour moins seuere,
De nous laisser voir ce mystere,
Vos yeux en seroient ébloüis.

Ses cheueux sont chastains, & luy donnent vn agrément tout particulier lors qu'ils sont ratachez, & qu'elle ne laisse pas floter les boucles qui leur sont naturelles, parce que les yeux découurent pour lors sans embarras toute la proportion de son visage, dont la figure est admirablement bien faite. Il faut croire que le reste du Corps répond à cette belle montre, & que ce qui est caché n'a pas moins de charmes que ce que l'on void.

Car ma Muse ne voudroit pas
Parler de ses secrets appas,
Qui font des Curieux le supplice & la gesne;
Son vol est moins audacieux;
Et sa discretion qui la pousse & la meine,
L'arreste à ces beautez qui paroissent aux yeux.

Mais, sans mentir, ie n'estimerois pas son Corps, s'il n'estoit animé de son Esprit, quoy qu'elle se defende toûjours d'en auoir : c'est pour lors ce me semble qu'elle en a dauantage, & que cette lumiere qu'elle veut cacher paroist auec plus d'éclat & de force ; il est plein de feu, & enjoüé, tourné aux belles choses dont elle a vn goust délicat, & iuge finement des beaux endroits : elle aime auec passion tous les Ouurages d'esprit, & a vne curiosité auide pour toutes ses productions. Quoy que pour l'ordinaire elle ait l'Esprit fort present, elle luy donne quelquefois permission d'aller où ses pensées l'appellent, mais il n'y est pas longtemps, & ne se fait pas attendre auec impatience.

Il reuient promptement de son petit Voyage,
Et retrace sur le Visage
Vn ie ne sçay quel nouueau jour
Qui nous annonce son retour.

Elle n'est pas opiniâtre, mais elle ne peut souffrir qu'on la contredise, ny qu'on choque ses sentimens ; elle n'a pas l'humeur inquiete ; mais si ses ordres ne sont executées sur le moment, elle en est en peine, & son repos n'est point tranquille qu'apres l'execution : tout cela part d'vne belle cause, & tous ces effets naissent de la viuacité de son Esprit.

Elle a bien l'humeur complaisante,
Elle loüe agreablement :
Mais si la Personne est absente,
Elle en raille modestement :

Comme elle a du panchant à la douce Satyre,
Elle cherche ſujet de rire,
Quand bien ce ſeroit d'vn martyre
D'vn pauure & malheureux Amant.

Ce n'eſt pas qu'elle ſoit inſenſible à l'amitié ; & ſi ie ne me trompe, elle a l'ame belle, genereuſe & reconnoiſſante : Elle s'attache fortement aux intereſts d'vne Amie, mais ſon amitié eſt delicate ſans eſtre fragile : cela veut dire qu'apres que ce lien eſt rompu, elle ne le ſçauroit plus renoüer, ny s'y fier comme auparauant. Comme elle a l'Eſprit net, elle cherche auec ſcrupule la propreté en toutes choſes, & ne peut ſouffrir le deſordre, non pas meſme dans ſes cheueux : Elle deuoreroit les Liures, & paſſeroit les nuits & les iours à la lecture, particulierement des Romans, ſi elle ne moderoit cette inclination. Enfin elle a les ſentimens hauts & releuez, & vn iugement tout à fait éclairé, qui guide & conduit ſon Eſprit.

Mais, ô Dieux! que ie ſuis ſurpris!
Ie croyois auoir fait le Portrait de Cloris,
Et ie voy bien que c'eſt le voſtre,
Que ce ſont là, Diane, & vos traits & vos ris,
Et non pas les graces d'vne autre;
Que i'ay peint le Soleil, & non pas ſon rayon,
Par les traits du pinceau, non par ceux du crayon.
Ie n'ay pû ſuiure d'autre idée
Que celle qui s'offroit à moy;
Mon ame en eſtant poſſedée,

Ma main en a receu la Loy,
Et ie ſuis deuenu ſemblable
A ce Peintre admirable,
Qui repreſentant les beautez
Des mortelles Diuinitez,
Iamais il ne peignoit de Femme
Qu'il ne luy donnaſt tous ſes traits,
La grace, l'art, & les attraits,
De celle que l'Amour auoit peint dans ſon ame.

LE COEVR ASSIEGÉ.

LETTRE GALANTE.

Vos forces augmentent le deßein que i'ay fait d'aßieger voſtre Cœur, & ma reſolution ſurmontera cette puißance, qui vous a miſe juſqu'à preſent à l'abry de pareilles entrepriſes.

Oüy, ie pretens, Philis, aſſieger voſtre Cœur,
Ie veux remporter cette Place,
Ne condamnez pas mon audace.

Mon deſir eſt fondé ſur la force & l'honneur.
Quand i'auray reüſſy dedans cette entrepriſe,
Mille Beautez viendront me dire chaque jour,
Nous vous donnons nos cœurs auec noſtre frãchiſe.

Pour vous ſeul nous brulons d'amour;
Et par vn ſentiment fort tendre,
Sans m'oſer conteſter, elles ſe viendront rendre.

L'eſpoir de poſſeder cet auantage, me rendra les plus grandes difficultez faciles, & ie dois courre la riſque dont vous me menacez.

Rien ne me ſçauroit empeſcher
De vaincre ce cœur de Rocher,
Nonobſtant ſa grande puiſſance:
Son pouuoir ne m'étonne pas,
Ayant vne juſte eſperance,
Les obſtacles ſont des appas.

Ie ſuis aſſeuré que quand ie ſerois défait dans ce Siege, & que vous me forceriez de le leuer, vous conſerueriez pour moy vne eſtime qui me procurera le bonheur où i'aſpire, & que vous approuuerez genereuſement vn ſi grand deſſein. On doit plus hazarder pour vn Bijoux de ce prix, que pour la conqueſte d'vne Couronne; & ſi perſonne n'a pas entrepris de le conquerir, c'eſt parce qu'on a crû qu'il eſtoit en des Terres inconnuës: Ie m'attacheray auec plaiſir à en faire la découuerte; & ſi vous me laiſſez prendre ce ſoin ſans vous y opposer, ie m'assure que i'étendray son Domaine, & que ie découuriray des Païs qui seront toûjours cachez, à faute d'vne exacte recherche : mais pour y reüssir, il faudroit que i'eusse vn consentement de cette Indomptable ; car si i'entre dans ses Estats la force à la main, ie feray des rauages qui m'empescheront de faire vne iuste perquisition. Prenez là-dessus vos mesures, ie vous donne le choix de ces deux Partis ; & si vous me croyez, ie vous auray vne obligation que ie puis obtenir de moy-mesme.

LA DEFENSE du Cœur assiegé.

REPONSE GALANTE.

VOstre audace n'est pas petite.

Mais ie conuiens à mon tour, que la mienne n'est pas moindre, d'entreprendre de répondre à vostre Lettre, & de defendre mon Cœur d'vne attaque aussi galante que celle que vous luy faites ; mais de bonne foy i'ay crû qu'il estoit de la sincerité de vous auertir qu'il est tout à fait inutile

De vouloir attaquer mon cœur;

C'est vn Païs où la force pourroit estre repoussée par la force, & où l'on se precautionne bien contre les surprises ; ainsi l'on y est toûjours sur ses gardes : Ce n'est pas que vostre adresse, vostre vigilance, & le bonheur que vous auez de faire reüssir les entreprises les plus difficiles, ne pût m'épouuanter.

Mais auec tout vostre merite,

Et les talens que vous auez pour toutes les importantes negotiations, il ne vous seroit pas aisé de conquerir vn Païs qui se peut maintenir par ses propres forces, & qui d'ailleurs en peut auoir d'étrangeres. Il faudroit pour cela que vous eussiez des Agens secrets pour vous découurir le foible des Places ; mais la Politique du Païs n'en permet l'entrée à personne, & les Sujets en sont incorruptibles. Ainsi ie vous conseille d'auoüer que

Vous n'en pouuez estre vainqueur,

Par la raison, qu'il est naturel d'aimer la liberté, & de fuir la tyrannie ; car, à parler sainement de ces braues Conquerans, ils ne font iamais cette sorte de guerre que sous des pretextes specieux & raisonnables ; ils ménagent le Païs, ils gagnent peu à peu le terrain, & traittent auec douceur, tant que la conqueste est incertaine : mais si-tost qu'elle est faite, il n'est acte d'hostilité qu'ils n'exercent. Ils prennent tout imperieusement ; l'incendie, le pillage, la fourbe, & la malice, sont en regne ; & pour vous définir en vn mot, vous deuenez des Tyrans enragez, & trauaillez incessamment à la ruine d'vn bien pour l'acquisition duquel vous auez tout mis en vsage. Apres cela, n'ay-je pas raison de me defendre contre de si cruels ennemis ? Ce n'est pourtant pas le seul motif, ny le plus beau, qui fortifie mon cœur contre leurs attaques ; & quand i'en voudrois vser autrement, il ne me seroit pas aisé ; Car

La Vertu, la Raison, sont ses Gardes fidelles.

Ce sont elles qui en tiennent les auennës, & qui en defendent l'entrée à tous les Hommes du Monde : Elles y regnent auec vn pouuoir absolu ; & volontiers ie leur en remets le soin, puis qu'assurément

Rien ne peut corrompre leur foy,

Et qu'elles sont trop en interest de soutenir leurs droicts, & de se maintenir dans leurs force : Veritablement rien ne leur resiste, & elles ne mettent point la violence en vsage pour y faire obseruer leurs statuts.

Là tout leur est soûmis, il n'est point de rebelles;

Et ie connois bien que le soin qu'elles prennent, n'a point d'autre but que la conseruation de mon repos & de ma tranquillité ; & comme il n'y a rien contr'elles que le pouuoir d'vn certain petit Dieu aueugle & enfant, elles ne s'en mettroient pas trop en peine, si son bras n'estoit soutenu de ceux qui combattent pour l'accroissement de son Empire ; De sorte que pour la seureté de mon cœur, elles me conseillent de m'en tenir où i'en suis,

Et l'on n'y reçoit point ny l'Amour, ny sa Loy.

Apres cela, vous iugez bien qu'estant fortifiée de la raison, de la vertu, & de quelque lumiere, vostre entreprise seroit fort inutile, & que i'ay eu sujet de vous dire que

Voſtre audace n'eſt pas petite,
De pretendre attaquer mon Cœur;
Mais auec tout voſtre merite,
Vous n'en ſerez iamais vainqueur:
La Vertu, la Raiſon, ſont ſes Gardes fidelles;
Rien ne peut corrompre leur foy;
Là tout leur eſt ſoûmis, il n'eſt point de rebelles,
Et l'on n'y reçoit point ny l'Amour, ny ſa Loy.

PLAINTE POVR MADAME la Marquiſe de....

SONNET.

Diane, qui des Cœurs deuroit auoir l'Empire,
Si l'Empire des Cœurs peut eſtre merité,
Dés l'âge de douze ans dans la captiuité,
Sous vn lâche Tyran, ſans murmure ſoûpire.

Quand ſon injuſte ſort ſeroit mille fois pire,
Pourueu qu'il fut ſans crime, elle l'euſt ſuporté;
Et juſques à la mort cette illuſtre Beauté
N'euſt eu que ſon Bourreau témoin de ſon martyre.

Mais ſi-toſt qu'elle ſçait que l'infame Impoſteur,
Trahiſſant la Nature, en offenſe l'Autheur,
Ses careſſes n'eſtant de Mary, ny de Frere.

D'vn genereux effort elle ſort de ſes bras,
Non parce qu'il manquoit à ce qu'il deuoit faire,
Mais parce qu'il faiſoit ce qu'il ne deuoit pas.

A PHILIS

MADRIGAL.

HIer ie rencontray la charmante Philis,
Les yeux étincelans, & la face allumée;
Elle auoit sur son teint cent Roses contre vn Lis,
Et de mille desirs paroissoit enflamée;
Son Mary qui dormoit sur le bord de son Lit,
Fit qu'à l'oreille elle me dit,
Aujourd'huy ie commence à sentir que ie t'aime.
Helas! depuis longtemps mon amour est extréme,
Luy répondis-je aussi fort bas:
Mais si nous estiõs seuls, que feriõs-nous, Madame?
Elle auec vn regard languissant, plein d'appas,
Comme vne Femme qui se pâme,
Me dit en soûpirant, ah! nous n'y sommes pas.

D. M.

RAILLERIE SVR LE Marquis de L....

AH! que ce Langers me contente,
Disoit Philis, ah! qu'il est bon!
Bon, luy repartit sa Seruante:
Philis dit, i'entens ce Melon.

SVR LE MESME.

ESTre couché pres d'vne Belle,
Sans amour, force, ny vigueur,
Boire, pisser, estre en sueur,
En peu de mots c'est là la merueille nouuelle
Que nous a fait voir au congrez
Le pauure Marquis de L....

Pour auoir croqué de la Pomme,
Ainsi que fit le grand Sapa,
La Nature se reuolta
Contre la volonté de l'Homme,
Comme on a veu ces jours arriuer au congrez
Du pauure Marquis de L....

SVR LE MESME.

REpons-moy, Marquis, pauure Diable,
Falloit-il pas s'abandonner
Dans vn combat si desirable?
Et la bréche estant raisonnable,
Ne deuois-tu pas y donner?

EPIGRAMME.

COlas baisoit rarement
Sa Femme qu'il trouuoit laide,
Et qui n'osoit sottement
Prier qu'on vint à son aide.
Vn Voisin fut par pitié
Luy dire que sa Moitié
Montroit vn chagrin extréme;
Baisez-là, dit-il tout bas,
Baisez-la, reprit Colas,
Ma foy, baisez-la vous-mesme.

EXCVSE DV MARQVIS de L. ſur ſon impuiſſance.

SONNET.

BElles, dans l'ennuy qui m'accable,
N'inſultez point à ma douleur,
Et ſuſpendez voſtre rigueur
Pour écouter vn miſerable.

Ce fameux Docteur de la Fable,
Des Maris Romains la terreur,
Eut jadis vn pareil malheur,
Et n'en fut pas moins redoutable.

L'Amour eſt vn jeu de hazard,
Où ſouuent les Maiſtres de l'Art
Perdent par trop de confiance.

On n'y fait pas tout ce qu'on veut,
Et ſur la plus belle apparence
On y perd par Iean qui ne peut.

SVR LA ROSE.

SONNET.

TV ne fais que de naiſtre, & tu t'en vas mourir.
Dieu! pour viure ſi peu, qui te donna la vie?
Tu n'es belle á nos yeux, qu'afin de mieux ſouffrir;
Et pour bientoſt finir, tu fais naiſtre l'enuie.

Si ce brillant trompeur où ta beauté ſe fie,
A paru pour vn temps, croy qu'il ſe va flétrir;
Et que du meſme éclat dont ta pompe eſt ſuiuie,
Va naiſtre le ſujet qui te fera périr.

Quand la cruelle Iris qui fait nos deſtinées,
Voyant tant de beautez, les aura moiſſonnées,
Sa main comme vn orage acheuera ton ſort.

Arreſte, vn Ennemy te guete à la ſortie,
Recule ta naiſſance, & ſauue ainſi ta vie,
Que tu ne peux haſter, que pour haſter ta mort.

M. D. N.

EPIGRAMME.

IEan dit par-tout que sa Fille est peu sage,
Qu'elle aime trop mon entretien:
Mais s'il en disoit dauantage,
Mentiroit-il ? ie n'en sçay rien.

R.

AVTRE.

IEan vend sa Maison de Saint Clou,
Parce qu'elle estoit engagée:
Il dit que c'est qu'il en est fou,
Ie le croy, car il l'a mangée.

MAXIMES POVR apprendre la Musique à Climene.

STANCES.

POur profiter dans la Musique,
Et bien conduire vostre voix,
Il faut que vostre Esprit s'applique
A toûjours obseruer ces Loix.

Il faut bien payer vostre Maistre,
Climene, il n'est rien d'assez doux,
Par où vous puissiez reconnaistre
Tous les soins qu'il prendra pour vous.

Son ame n'est pas mercenaire,
Il n'oblige point à moitié,
Et seulement pour son salaire
Il demande vostre amitié.

Sçachez que dansla Symphonie
L'on ne rencontra iamais rien,
D'vne si charmante harmonie,
Que deux Cœurs qui s'entendent bien.

Ils s'écoutent, ils se répondent,
Ils font mille diuers accors,
Ils se meslent, ils se confondent,
Et ne font plus qu'vn mesme corps.

Belle Climene que i'admire,
Vnissez vostre cœur au mien,
Ecoutez ce qu'il sçaura dire,
Et répondez-y toûjours bien.

Le soûpir est de la Musique,
Et vous deuez considerer
Qu'vne Personne qui s'en pique,
Doit sçauoir aussi soûpirer.

Ie sçay soûpirer à la mode,
Et certes, sans trop me vanter,
Pour en apprendre la methode,
Vous n'auez rien qu'à m'écouter.

Chantez fort souuent par nature,
Si mon conseil vous semble bon;
Pour moy, sans façon, ie vous jure,
Que i'en aime beaucoup le ton.

Quand vous sentirez quelque chose
De fauorable à ma langueur,
Alors seruez-vous de la pause,
Pour y confirmer vostre cœur.

Si quelque penser moins propice
Occupoit vostre entendement,
La Fugue fera son office,
Pour le chasser en vn moment.

Vn jour si vous veniez, Climene,
Iusqu'à la composition,
Gardez-vous de payer ma peine
D'vne fausse relation.

Mais plutost afin qu'il me vienne
Quelque petit fruit de mes soins,
Que vostre partie & la mienne
S'accordent par degrez conjoints.

Les faux accors sont fort à craindre,
Il n'en faut point faire auec moy;
Et i'aurois sujet de me plaindre,
Si vous manquiez à cette Loy.

Ie n'aime point du tout la quinte,
Ie ne sçay ce qu'elle m'a fait;
Mais pour vous en parler sans feinte,
Ie l'estime accord imparfait.

Elle gasteroit le mystere,
Quand elle viendroit s'en mesler;
Il faut que pour me satisfaire,
Ie n'en entende point parler.

Si vous desirez de comprendre,
Quand ie vous donneray leçon,
Le secret pour beaucoup apprendre,
C'est d'estre bien en vnisson.

Ie vous chanteray vostre game,
Si vous negligez ces auis,
Et vous en aurez tout le blâme,
S'ils ne sont par vous bien suiuis.

En les pratiquant, mon estime
Pour vous iamais ne finira,
Et plus longue qu'vne maxime,
Eternellement durera.

Si vous ne me jugez pas digne
De faire auec vous quelque accord,
Vous me ferez chanter en Cigne,
Qui ne chante bien qu'à sa mort.

A S. A. M. LE COMTE DE S. PAVL.

VERS IRREGVLIERS.

APres que sur les bords du Tybre
Vous auez eu l'amour & du Peuple & des Grands,
Et que dans cent lieux diferens
Vos rares qualitez n'ont rien laissé de libre;
Aujourd'huy que dans nostre Cour
Le bruit de vostre gloire enchante nos oreilles,
Quand pour vous tout est plein & d'estime & d'amour,
Et qu'on en dit tant de merueilles,
N'en diray-je rien à mon tour?

Non, non, ma Muse accoustumée
A vous montrer ses premiers feux,
Par de nouueaux attraits à toute heure charmée,
Est plus fortement animée
A faire de vous seul l'objet de tous ses vœux,
Et veut par vostre nom croistre sa renommée;
Elle a la mesme ardeur qu'à son commencement,

Et ne perdra iamais vne si noble enuie:
Prince, quand on a pris vn sujet si charmant,
On en a pour toute sa vie.

Ce brillant & solide Esprit,
Pourroit seul occuper les plus sçauantes Plumes;
Et quand sur ce Chapitre on feroit des Volumes,
On se reprocheroit de n'auoir pas tout dit.

Christine, dont l'Esprit éclate sur tout autre,
Et pour qui la Couronne eut de foibles appas,
En vous voyant, plaça le vostre
Parmy les plus polis & les plus délicats:
Elle le fit sçauoir à bien plus d'vn Empire;
Et pour en dire enfin ce qu'elle en vouloit dire,
Les Langues qu'elle sçait ne luy sufisoient pas.

Lors qu'on vous vit passer en diuerses Prouinces,
Ce merite éclatant fut reconnu de tous;
Et sans doute qu'vn Prince aussi parfait que vous,
Leur faisoit oublier leurs Princes.
S'ils eussent dans leur choix suiuy leur volonté,
De vos rares vertus plus d'vne Cour charmée,
Eut sous vos douces Loix soûmis sa liberté,
Et changé sans difficulté
Vostre Couronne ouuerte en Couronne fermée,
Et Vostre Altesse en Majesté.

Mais pourquoy chercher ce suffrage
Parmy tant de Peuples diuers?
Plaire à LOVIS, est dauantage,
Que de plaire à tout l'Vniuers.
A peine dans sa Cour on vous a veu paroistre,
Que vostre air agreable a charmé tous les yeux;
Cette mine, ce port, ont fait assez connoistre
Que le Ciel vous auoit fait naistre
De nos plus grands Heros, & du sang de nos Dieux.

De tous ceux qu'à la Cour tãt de charmes attirent,
Vous estes l'vnique entretien:
Là les plus galants vous admirent;
Pour les Dames, on sçait qu'elles n'en disent rien,
Mais il suffit qu'elles soûpirent.

Prince, que vous estes heureux,
Si vous auez pour vous ces objets adorables
Dont les tendres regards, & les cœurs rigoureux,
Font ailleurs tant de miserables!
Que vous gousterez de douceurs,
Puis que pour en auoir, il ne faut rien que plaire!
Et l'on s'acquiert bientost les plus grandes faueurs,
Quand on a comme vous le bel art de les taire.
C'est par cet art charmãt qu'on gouste vn lõg repos;
Et pour joüir d'vne parfaite gloire,

L'Amant, ainsi que le Heros,
Doit bien vser de la victoire.

Auoir tant de vertus auecque tant d'appas,
Voir en vostre faueur plus d'vne ame attendrie,
C'est pour estre en galanterie
Ce qu'vn jour vous ferez au milieu des Combats.

Maintenant que nos jours sont calmes,
Et que la Paix retient nos plus fameux Vainqueurs,
Comme en des tẽps moins doux vous cueilliriez des (Palmes,
Vous pouuez amasser des fleurs.

Ie sçay qu'à d'autres soins vostre rãg vous appelle,
Que tous vos sentimens sont & nobles & hauts,
Qu'il ne vous faut parler que de guerre & d'assauts,
Et de donner aux Lys vne splendeur nouuelle:
Mais, Prince, estre galant, ne gasta iamais rien;
Et si l'on croit des gens qui s'y connoissent bien,
Apres cette gloire immortelle,
L'Amour est le souuerain bien.

FIN.

BIBLIOTHEQUE ROYALE

www.ingramcontent.com/pod-product-compliance
Ingram Content Group UK Ltd.
Pitfield, Milton Keynes, MK11 3LW, UK
UKHW021106290826
14628UKWH00014B/800

9 782014 438277